T0048358

EL
ARTE
DE LA
GUERRA

ALMA CLÁSICOS ILUSTRADOS

EL
ARTE
DE LA
GUERRA
LOS TRECE ARTÍCULOS

SUN TZU

Traducido del chino por Jean Joseph-Marie Amiot
Versión castellana de Esteve Serra

Ilustraciones de
Rosanna Tasker

Edición revisada y actualizada

Título original: 孙子兵法

© de esta edición:
Editorial Alma
Anders Producciones S.L., 2019
www.editorialalma.com

[Instagram icon] @almaeditorial
[Facebook icon] @Almaeditorial

La presente edición se ha publicado con la autorización de José J. de Olañeta, Editor.
© Versión de Esteve Serre a partir de la traducción francesa de Jean Joseph-Marie Amiot.

© Ilustraciones: Rosanna Tasker

Diseño de la colección: lookatcia.com
Diseño de cubierta: lookatcia.com
Maquetación y revisión: LocTeam

ISBN: 978-84-17430-56-6
Depósito legal: B13195-2019

Impreso en España
Printed in Spain

El papel de este libro proviene de bosques gestionados de manera sostenible.

ÍNDICE

NOTA DEL EDITOR

Es un lugar común referirse a *El arte de la guerra* como «la versión china de *El príncipe*» y a Sun Tzu como «el Maquiavelo oriental». Nadie diría, a la vista de la estructura, la concisión y el estilo tan directo, que esta obra tiene más de dos mil años. De hecho, en ocasiones parece una novedad destacada de la sección de libros de empresa de su librería favorita. Porque, en el fondo, las siempre acertadas máximas de Sun Tzu no nos hablan sólo del arte de hacer la guerra, sino también de cómo gestionar conflictos de todo tipo y salir airosos de ellos. Bien mirado, tendríamos que considerar a Maquiavelo como «el Sun Tzu occidental» y *El príncipe* como «la versión italiana de *El arte de la guerra*».

Sabemos poco de Sun Tzu. Incluso se ha dudado de su existencia real. Al parecer, vivió durante el período de los Reinos Combatientes, en torno al siglo v a. C., antes de la unificación de China. Al final de esta edición ofrecemos un texto, «Vida de Sun Tzu», que el famoso historiador Se-Ma T'sien (o Sima Qian, tal como se romanizaría con el sistema pinyin vigente en la actualidad y al que hemos adaptado los topónimos y nombres que aparecen en el libro) escribió a comienzos del siglo i a. C. y en el que se narra una anécdota atribuida al genial estratega militar, y que parece sacada de la versión Disney de *Mulán* o de alguna cinta hongkonesa de cine *wuxia* de artes marciales. La tradición atribuye a Sun Tzu un papel relevante en la corte del reino de Qi, uno de los siete en que se dividía la actual China. Asimismo, su hijo, Sun Bin, escribió otro tratado de naturaleza similar y título prácticamente idéntico, lo que ha producido numerosas confusiones entre sinólogos y tratadistas. Lo cierto es que *El arte de la guerra,* tal como hoy lo conocemos, data de hace más de dos milenios, aunque su aceptación definitiva como libro de estrategia no llegó hasta el siglo XI, en que los emperadores de la dinastía Song lo incluyeron entre los llamados *Siete clásicos militares.* Su conocimiento y su interpretación han guiado desde entonces la conducta de todos los dirigentes chinos, entre ellos Mao Zedong, quien se valió de sus enseñanzas durante la llamada Larga Marcha que lo llevó al poder en 1949.

Ahora bien, ¿cuán fiel es *El arte de la guerra,* tal como la conocemos en la actualidad, a la obra original de Sun Tzu? En la presente edición hemos recurrido a la primera traducción de este clásico a una lengua occidental; en concreto, la denominada *Los trece artículos* que Joseph-Marie Amiot publicó en 1772. El padre Amiot era un jesuita francés que ejerció como misionero en China durante cuarenta años, fue intérprete del emperador y tradujo al francés tanto esta obra como las de Confucio. Además, popularizó en Occidente instrumentos como el *sheng,* una de cuyas adaptaciones al gusto europeo hizo fortuna con el nombre de armónica, o el llamado yo-yo chino, precedente del popular diábolo.

No está documentado que Napoleón Bonaparte leyera *Los trece artículos,* como se suele afirmar, pero resulta plausible si se analiza la estrategia utilizada en la batalla de Austerlitz, de 1805. Tal como recomienda Sun Tzu, fingió debilidad, simuló una retirada y, cuando más confiadas estaban las tropas del zar ruso Alejandro I y el emperador austríaco Francisco I, lanzó un contraataque demoledor que destrozó la Tercera Coalición y lo convirtió en el dueño efectivo de la Europa continental.

La versión del padre Amiot no se tradujo al inglés hasta 1910, el mismo año en que el sinólogo Lionel Giles (hijo de Herbert, el coautor del sistema Wade-Giles de romanización del chino mandarín vigente hasta la implantación del pinyin en los años ochenta) publicó su propia versión del clásico de Sun Tzu. Giles, que poseía unos conocimientos abrumadores de la cultura y las lenguas chinas, desautorizó en parte la traducción de Amiot, que consideraba más prolija que el original, y acusó al jesuita de añadir ideas de su propia cosecha.

Este debate entre dos traducciones diametralmente opuestas (barroca, la de Amiot; sobria, la de Giles), así como entre dos maneras de entender la transmisión de los conocimientos orientales al mundo occidental (la francófona, católica y casi diletante del aficionado Amiot frente a la anglocentrista y académica de Giles), saltó por los aires en 1972 al descubrirse un nuevo manuscrito de *El arte de la guerra* que puso de manifiesto algunos errores de traducción en ambas versiones.

El creciente aumento del peso geoestratégico de China en el nuevo orden posterior a la Guerra Fría provocó un repunte del interés por su cultura, mantenido hasta la actualidad. Lo que antes se consideraba exótico ahora está completamente normalizado como referente del pensamiento occidental. Se ha producido, al mismo tiempo, un fenómeno curioso que ha disparado la popularidad de la obra de Sun Tzu. La versión de Thomas Cleary (1988), cuyos comentarios son más extensos que el original, es uno de los textos de referencia del mundo empresarial. A fin de cuentas, lo que hace tremendamente atractivo y actual este *El arte de la guerra* es el lujo de detalles con el que Sun Tzu perfila estrategias ganadoras con la mayor economía de medios posible. Su obra es válida como referente para todo aquel que quiera desempeñar un liderazgo exitoso y obtener la victoria más aplastante (o la mayor cuota de mercado, o la mejor cuenta de resultados) sin entrar en combate. Quien dice ámbito empresarial, también dice ámbito personal, político o incluso deportivo. Porque, a fin de cuentas, la premisa de Sun Tzu, «conoce a tu enemigo y conócete a ti mismo», tiene una validez universal y se puede aplicar a prácticamente todos los planos de nuestra vida cotidiana. Ésta es la enseñanza más importante que debemos extraer de *El arte de la guerra,* lo que la convierte en una obra imperecedera y lo que nos lleva a ofrecérsela al lector en la primera versión que llegó al mundo occidental. Disfruten de ella, pues, como lo hizo Napoleón en vísperas de la batalla de Austerlitz y tomen buena nota de las enseñanzas de Sun Tzu.

EL EDITOR

EL
ARTE
DE LA
GUERRA

ARTÍCULO I

DE LA EVALUACIÓN

Sun Tzu dice: La guerra es de importancia vital para el Estado. Es el dominio de la vida y la muerte, un camino que puede conducir por igual a la conservación del imperio o a la pérdida de éste. Es imperioso regularla bien. No reflexionar en profundidad sobre sus implicaciones equivale a mostrarse negligente respecto de la conservación o la pérdida de los bienes más preciados, y no debemos incurrir en este error.

Cinco son los elementos prioritarios que debemos tener en cuenta en nuestras deliberaciones y que debemos cuidar al máximo. En este punto, hay que obrar como los grandes artistas que, siempre que acometen una obra maestra, tienen en mente el objetivo final, aprovechan todo cuanto ven y oyen, y no desdeñan las posibles vías para adquirir nuevos conocimientos, ni las posibles ayudas que los guíen hacia la consecución de tal fin.

Si queremos que la gloria y el éxito acompañen a nuestras armas, no debemos perder de vista ninguno estos cinco elementos: la doctrina, el tiempo, el espacio, el mando y la disciplina.

La doctrina da lugar a la unidad de pensamiento, nos inspira una misma manera de vivir y de morir, y nos hace intrépidos e inconmovibles ante las desgracias y la muerte.

Si conocemos bien el tiempo, tendremos presentes los dos grandes principios del Shang y el Yang mediante los cuales se han formado todos los elementos de la naturaleza y mediante los cuales estos se modifican. Así, conoceremos el tiempo de su unión y de su mutua concurrencia para producir frío o calor, serenidad o tormenta.

El espacio no es menos digno de nuestra atención que el tiempo. Si lo estudiamos bien, conoceremos lo alto y lo bajo, lo lejano y lo cercano, lo ancho y lo estrecho, lo que permanece y lo que termina por pasar.

Por mando me refiero a la equidad, el amor (por todos los hombres en general, y por aquellos sometidos a nosotros en particular), la ciencia de los recursos, el coraje y el rigor. Estas cualidades caracterizan al poseedor de la dignidad de general. Son virtudes necesarias todas ellas, y para adquirirlas no hay que descuidar nada, pues sólo ellas nos permitirán marchar con dignidad al frente de los demás.

A todos estos conocimientos hay que añadir la disciplina. Este arte consiste en disponer las tropas, conocer todas las leyes de la subordinación y hacerlas observar con rigor, estar instruido en los deberes de cada uno de nuestros subalternos, reconocer todos los medios encaminados a obtener un mismo fin, conocer al detalle las herramientas de que podemos valernos y saber manejar todas y cada una de ellas. El conjunto de estos elementos forma un cuerpo de disciplina cuyo conocimiento práctico no debe escapar a la sagacidad ni a las atenciones de un general.

Así pues, tú, a quien la elección del príncipe ha colocado al frente de los ejércitos, debes fundamentar tu ciencia militar sobre los cinco principios recién enunciados. La victoria te sonreirá en todo momento. A cambio, sólo padecerás las más vergonzosas derrotas si, o bien por ignorancia o bien por presunción, los omites o desdeñas.

Estos conocimientos te permitirán discernir cuál de entre los príncipes que gobiernan el mundo posee la mejor doctrina y las mejores virtudes. Asimismo, conocerás a los mejores generales de cada reino, de modo que identifiques al antagonista con mayores probabilidades de triunfar. En caso de que entres en liza, podrás jactarte de tener la victoria a tu alcance.

Estos mismos conocimientos te harán prever los momentos más favorables, pues el tiempo y el espacio están conjugados para ordenar el movimiento de las tropas y los itinerarios que deben seguir, pues tendrás que regular sus desplazamientos de la manera más oportuna para tus intereses. No iniciarás ni terminarás nunca la campaña a destiempo. Reconocerás al fuerte y al débil, tanto entre los que estén a tu cuidado como entre los enemigos a quienes combatirás. Sabrás, de boca de ambos ejércitos, en qué cantidad y estado se encontrarán las municiones de guerra y las provisiones. Además, distribuirás las recompensas con liberalidad, pero con tino, y no escatimarás castigos cuando sean necesarios.

Admirados por tus virtudes y capacidades, los oficiales bajo tu autoridad te servirán tanto por placer como por deber. Estarán de acuerdo con todos tus proyectos, su ejemplo arrastrará a sus subalternos, y los soldados rasos harán acopio de todas sus fuerzas para asegurarte el éxito y la gloria.

Estimado, respetado y amado por los tuyos, los pueblos vecinos vendrán con alegría a colocarse bajo los estandartes del príncipe al que sirves, o bien para vivir con arreglo a sus leyes, o bien para obtener su protección.

Al ser consciente de cuáles son tus límites, no emprenderás ninguna empresa que no pueda llevarse a buen fin. Desentrañarás con idéntica agudeza tanto lo que suceda lejos de ti como lo que se desarrolle ante tus ojos.

Te aprovecharás de las disensiones que surjan entre tus enemigos para ganarte a los descontentos para tu causa, sin escatimar promesas ni dones ni recompensas.

Si tus enemigos son más poderosos y fuertes que tú, no los atacarás, sino que evitarás con sumo cuidado toda posibilidad de enfrentamiento directo. En tal caso, debes esconderte y prestar una atención extrema al estado en que te encuentres.

Habrá ocasiones en que te rebajarás, y otras en que simularás tener miedo. A veces fingirás ser débil a fin de que tus enemigos se dejen vencer por la presunción y el orgullo y, en consecuencia, te ataquen a destiempo o se dejen sorprender y destrozar con deshonra. Procurarás que los inferiores no puedan adivinar nunca cuáles son tus intenciones. Mantendrás a tus tropas alerta en todo momento, siempre en movimiento y ocupadas para evitar que la molicie las ablande, con el deshonor que eso conllevaría.

Si concedes algún interés a las ventajas de mis planes, procura crear situaciones que contribuyan a hacerlas posibles.

Por situación entiendo que el general actúe en el momento oportuno, en armonía con aquello en lo que lleve ventaja, y que, por eso mismo, domine el equilibrio.

Toda campaña bélica debe basarse en la apariencia: finge desorden, no dejes de ofrecerle señuelos al enemigo para engañarlo, simula inferioridad para estimular su arrogancia y espolea su irritación para sumirlo en el desconcierto. Su codicia se lanzará sobre ti para estrellarse.

Apresura tus preparativos cuando tus adversarios se concentren. Evítalos allí donde sean poderosos.

Sume al adversario en pruebas descabelladas y prolonga su agotamiento manteniéndote a distancia. Procura fortalecer tus alianzas en el exterior y consolidar tus posiciones en el interior recurriendo a soldados que también trabajen como campesinos.

¡Qué pena arriesgarlo todo en un solo combate, descuidando la estrategia victoriosa, de modo que la suerte de tus armas dependa de una única batalla!

Cuando el enemigo esté unido, divídelo. Atácalo allí donde no esté preparado. Aparece cuando no te espere. Tales son las claves estratégicas de la victoria, pero cuídate de utilizarlas antes de hora.

Que todos interpreten los presagios efectuados en el templo antes de desatar las hostilidades como las medidas que adoptarás: expresarán la victoria cuando demuestren que tu fuerza es superior a la del enemigo, e indicarán la derrota cuando demuestren que él es inferior en fuerza.

Parte de la base de que quien efectúa numerosos cálculos tendrá la victoria a su alcance. Así pues, teme su insuficiencia. ¡Qué pocas probabilidades de victoria tendrá quien no los haya hecho!

Si examinas la situación valiéndote de este método, los resultados se mostrarán con toda claridad.

ARTÍCULO II

DEL INICIO DEL COMBATE

Sun Tzu dice: Doy por hecho que comienzas la campaña con un ejército de cien mil hombres, que estás suficientemente pertrechado de municiones y vituallas, que tienes dos mil carros (la mitad de los cuales son para combatir y la otra mitad, para servir de medios de transporte), que has dispuesto víveres para mantener a tu ejército hasta al menos cien leguas de tu emplazamiento, que haces transportar con cuidado cualquier posible herramienta para reparar armas y carros, que los artesanos y demás miembros civiles de tu ejército marchan detrás de ti, y que todos tus útiles, sirvan o no para la guerra, están siempre a cubierto de la exposición al aire y al abrigo de posibles accidentes enojosos.

Supongo también que dispones de mil onzas de plata que repartir entre las tropas a diario, y que siempre les pagas el sueldo a tiempo y con rigor y exactitud.

Si dispones de todo ello, acomete al enemigo sin dudarlo. Un ataque equivaldrá a la victoria.

Digo más: no retrases la entrada en combate, no esperes a que las tropas se emboten, ni a que el filo de tus espadas se oxide. La victoria es el principal objetivo de la guerra.

Si se trata de tomar una ciudad, apresúrate a asediarla. No pienses en otra cosa. Dirige todas tus fuerzas en pos de alcanzar ese fin. Debes precipitar los acontecimientos. Si no lo haces, tus tropas corren el riesgo de resistir mucho tiempo en campo abierto, lo que acarrearía funestas consecuencias.

Las arcas del príncipe al que sirves se agotarán, tus armas oxidadas no podrán servirte para nada, el ardor de tus soldados disminuirá, su valor y sus fuerzas desaparecerán, las provisiones se consumirán y quizá tú mismo te verás reducido a los extremos más enojosos.

Enterados del lamentable estado en que te encuentras, tus enemigos saldrán completamente frescos, te atacarán y te destrozarán. Aunque hasta ese día hayas gozado de una gran reputación, a partir de entonces habrás perdido tu prestigio. De nada te servirá demostrar tu valor, ya que ese último traspié borrará toda la gloria que hayas adquirido hasta ese momento.

Lo repito: no puedes mantener a las tropas mucho tiempo en campo abierto sin causar un gran perjuicio al Estado y sin asestarle un golpe mortal a tu propia reputación.

Aquellos que están en posesión de los verdaderos principios del arte militar no lo intentan dos veces. Desisten tras la primera campaña. No consumen víveres inútilmente durante tres años seguidos. Encuentran el medio de hacer subsistir a sus ejércitos a expensas del enemigo, y le ahorran al Estado los ingentes gastos a que se ve obligado cuando hay que transportar muy lejos todas las provisiones.

Son conscientes, y tú debes serlo también, de que nada agota tanto a un reino como los gastos de esta naturaleza. El pueblo siempre sufre por este motivo, tanto si el ejército se halla en las fronteras como si está en países alejados. Todos los bienes de primera necesidad aumentan de precio y comienzan a escasear, de modo que ni siquiera quienes viven con holgura en tiempos de paz tendrán con qué comprarlas.

El príncipe se apresura a percibir el tributo de los productos que cada familia le debe. Como la miseria se extiende desde las ciudades hasta el campo, de las diez partes de lo necesario hay que restar siete. Hasta el soberano se resiente de las desgracias. Todo se destruirá: corazas, cascos, flechas, arcos, escudos, carros, lanzas y jabalinas. Los caballos, e incluso los bueyes que aran las tierras, se debilitarán. Así pues, de las diez partes de sus gastos ordinarios, se verá obligado a restarles seis.

Para prevenir todos estos desastres, un hábil general planea campañas breves y trata de vivir a expensas del enemigo, o al menos consumir los productos extranjeros, pagando por ellos de ser necesario.

Si el ejército enemigo tiene una medida de grano en su campamento, ten veinte en el tuyo. Si el enemigo tiene ciento veinte libras de forraje para sus caballos, ten dos mil cuatrocientas para los tuyos. No dejes escapar la menor ocasión de incomodarlo, hazlo perderse en los detalles, encuentra los medios de irritarlo para que caiga en alguna trampa; disminuye sus fuerzas tanto como puedas, matando de vez en cuando alguna partida suya en maniobras de distracción, arrebatándole convoyes, impedimenta y cualquier otro elemento que te sea de alguna utilidad.

Cuando tus hombres le hayan tomado al enemigo más de diez carros, recompensa sin escatimar medios tanto a quienes hayan dirigido la empresa como a quienes la hayan ejecutado. Dales a esos carros el mismo uso que a los tuyos, no sin antes quitarles sus distintivos y emblemas.

Trata bien a los prisioneros. Aliméntalos como a tus propios soldados. Procura, si es posible, que se sientan mejor contigo que en su propio campamento o en su propia patria. No los dejes caer en la ociosidad, saca partido de sus servicios con la desconfianza conveniente y, por decirlo sin tapujos, trátalos como si fueran tropas voluntarias de tu ejército. A esto lo llamo ganar una batalla y hacerse más fuerte.

Si haces exactamente lo que acabo de indicarte, los éxitos acompañarán todos tus pasos, en todas partes serás vencedor, no expondrás la vida de tus soldados, afianzarás a tu país en sus antiguas posesiones, le procurarás otras nuevas, aumentarás el esplendor y la gloria del Estado y tanto el príncipe como los súbditos te deberán la dulce tranquilidad en la que transcurrirán sus días a partir de ahora.

Así pues, lo importante no son las operaciones dilatadas en el tiempo, sino la victoria final.

El general que entiende del arte de la guerra es el artífice del destino de su pueblo y el árbitro del destino de la victoria.

¿Qué objetos pueden ser más dignos de tu atención y de todos tus esfuerzos?

ARTÍCULO III

DE LAS PROPOSICIONES DE LA VICTORIA Y DE LA DERROTA

S un Tzu dice: He aquí algunas máximas que debes interiorizar antes de asediar ciudades o ganar batallas.

Tu primera preocupación será la conservación de las posesiones y todos los derechos del príncipe al que sirves. Sólo debes incrementarlas invadiendo a los enemigos si te ves obligado a ello.

Pero tu preocupación principal será velar por la tranquilidad de las ciudades de tu país. Sólo como último recurso debes alterar la de las ciudades enemigas.

Todos tus pensamientos deben encaminarse a proteger de todo ataque los pueblos amigos. Sólo debes irrumpir en los enemigos en caso de auténtica necesidad.

Debes centrar la atención en proteger los caseríos y las cabañas de los campesinos para evitarles todo tipo de daños. Sólo destruirás y devastarás las haciendas de tus enemigos si el hambre te obliga a ello.

Tu prioridad absoluta, y el desenlace perfecto de la campaña, será conservar las posesiones de los enemigos. Sólo debes destruirlas cuando la necesidad te obligue. Si un general actúa así, su conducta no será diferente de la de los personajes más virtuosos. En tal caso, estará de acuerdo con el Cielo y la Tierra, cuyas operaciones tienden más a garantizar la producción y conservación que la destrucción.

Sólo cuando estas máximas estén bien grabadas en tu corazón, tendrás el éxito garantizado.

Digo más: la mejor política guerrera es tomar un Estado intacto. Cualquier política con menor amplitud de miras que ésta lo llevaría a la ruina.

Hacer prisionero al ejército enemigo vale más que destruirlo. Es más importante tomar un batallón intacto que aniquilarlo.

Si tuvieras que librar cien combates, obtendrías cien victorias.

Sin embargo, no intentes dominar a tus enemigos sólo mediante combates y victorias: si bien hay ocasiones en que aquello que está por encima de lo bueno no es bueno en sí mismo, en ésta comprobaremos que, cuanto más nos elevemos por encima de lo bueno, más nos acercaremos a lo malo.

Más bien hay que subyugar al enemigo sin presentar batalla. En este caso, cuanto más te eleves por encima de lo bueno, más te acercarás a lo incomparable y lo excelente.

Los grandes generales alcanzan su objetivo descubriendo todas las trampas del enemigo, haciendo abortar todos sus proyectos, sembrando la discordia entre sus partidarios, teniéndolos siempre en vilo, impidiendo que llegue la ayuda externa y truncando todas sus situaciones de ventaja.

Sun Tzu dice: En la guerra es de suprema importancia atacar la estrategia del enemigo.

El que destaca resolviendo las dificultades, lo hace antes de que éstas se presenten.

El que arranca el trofeo antes de que los temores de su enemigo tomen forma, destaca en la conquista.

Ataca el plan del adversario en el momento en que nace.

Después, rompe sus alianzas.

Y a continuación, ataca a su ejército.

La peor de las políticas consiste en atacar las ciudades.

No consientas en ello a no ser que no existan más soluciones.

Se necesitan tres meses para preparar los carros para el combate, las armas necesarias y el equipo, y tres meses más para construir taludes a lo largo de los muros.

Si te ves obligado a sitiar una plaza fuerte y a reducirla, dispón tus carros, escudos y todas las máquinas necesarias para el asalto, y que todo esté en buen estado cuando sea el momento de utilizarlo.

Procura sobre todo que la rendición de la plaza fuerte no se demore más de tres meses. Si transcurridos éstos no has alcanzado tu objetivo, sin duda estás cometiendo algún error. No te olvides de repararlos. Redobla los esfuerzos cuando guíes a tus tropas. Cuando emprendas el asalto, imita la vigilancia, la actividad, el ardor y la tenacidad de las hormigas.

Supongo que antes habrás construido las trincheras y otras obras necesarias, que habrás levantado reductos para descubrir lo que pasa entre los sitiados y que habrás remediado todos los inconvenientes que habrás previsto gracias a tu prudencia. Si, aun adoptando todas estas precauciones, tienes la desgracia de perder un tercio de tus soldados y no obtener la victoria, puedes estar seguro de que no has atacado bien.

Un hábil general nunca se ve reducido a tales extremos. Sin librar batallas, aprende el arte de humillar a sus enemigos; sin verter una gota de sangre. Sin siquiera sacar la espada, consigue tomar ciudades. Sin pisar los reinos extranjeros, encuentra el medio de conquistarlos con operaciones fugaces. Sin perder un tiempo considerable al frente de las tropas, le procura una gloria inmortal al príncipe al que sirve, asegura la felicidad de sus compatriotas y hace que el universo le deba el reposo y la paz. Este debe ser el objetivo de cualquier general del ejército, quien nunca debe ceder al desánimo.

Tu objetivo es apoderarte del imperio cuando está intacto. Así, tus tropas no estarán agotadas y tus ganancias serán completas. Tal es el arte de la estrategia victoriosa.

Puede darse todo tipo situaciones en relación con el enemigo. No se pueden prever todas; por eso no entro en detalles. Tus luces y tu experiencia te sugerirán tus próximos pasos a medida que se presenten las circunstancias. No obstante, he aquí algunos consejos generales que podrás utilizar llegado el caso.

Si eres diez veces más numeroso que el enemigo, rodéalo por todas partes. No le dejes ningún paso libre. Imposibilítale evadirse para acampar en otra parte ni recibir el menor auxilio.

Si tienes cinco veces más hombres que él, dispón tu ejército de manera que, llegado el momento, pueda lanzar un ataque simultáneo por cuatro lados.

Si el enemigo es menos fuerte que tú, conténtate con dividir tu ejército en dos.

Pero si existe equilibrio numérico entre ambas partes, no te quedará más solución que presentar batalla.

Si, por el contrario, eres menos fuerte que él, mantente alerta de manera constante. El menor error puede ser decisivo. Trata de ponerte a cubierto y evita el combate cuerpo a cuerpo. La prudencia y la firmeza de un pequeño número de efectivos pueden cansar y dominar incluso a un ejército numeroso. Así podrás protegerte y, al mismo tiempo, conseguir una victoria completa.

Quien guía a los ejércitos puede considerarse el sostén del Estado. Y, en efecto, lo es. Si actúa con sensatez, el reino gozará de prosperidad; si, por el contrario, no posee las cualidades necesarias para ejercer dignamente el puesto que ocupa, el reino sufrirá por ello y se encontrará apenas a dos pasos de la ruina.

Un general sólo puede servir bien al Estado de una manera, pero puede ocasionarle grandes perjuicios de muchas maneras diferentes.

Para tener éxito se necesitan muchos esfuerzos y una conducta acompañada en todo momento de la valentía y la prudencia. Sólo se necesita un error para perderlo todo, ¡y existe una cantidad ingente de posibles errores! Reclutar tropas en un momento inoportuno, hacerlas salir a destiempo, no tener un conocimiento exacto de los lugares a los hay que conducirlas, hacerlas acampar en emplazamientos mal escogidos, fatigarlas sin motivo, hacerlas regresar sin necesidad, hacer caso omiso de las necesidades de los integrantes de su ejército, no saber a qué se dedicaba cada uno de ellos antes de enrolarse y por tanto sacar partido de ello de acuerdo con sus habilidades, no conocer los puntos fuertes y débiles de su tropa, no contar con su fidelidad, ni hacer observar la disciplina con todo rigor, carecer del talento del buen gobernante, ser indeciso, vacilar en las ocasiones en que hay que ser resolutivo, no recompensar a los soldados cuando han realizado un esfuerzo ímprobo, permitir que los oficiales los molesten sin motivo o no atajar las posibles disensiones entre los jefes. El general que incurra en estas faltas hará cojear al ejército, acabará con los hombres y los víveres del reino, y se convertirá en víctima sonrojante de su incapacidad.

Sun Tzu dice: En el gobierno de los ejércitos se distinguen siete males:

1. Imponer órdenes tomadas en la Corte según el capricho del príncipe.
2. Crear perplejidad en los oficiales despachando emisarios sin nociones de los asuntos militares.
3. Mezclar los reglamentos propios del orden civil y del orden militar.
4. Confundir el rigor necesario para el gobierno del Estado y la flexibilidad que requiere el mando de las tropas.
5. Repartir la responsabilidad en los ejércitos.
6. Hacer nacer la sospecha, que engendra la desavenencia: un ejército confuso conduce a la victoria del otro.
7. Esperar las órdenes en todo momento. Ello equivale a informar a un superior de que quieres extinguir un fuego. Antes de que te llegue la orden, las cenizas ya estarán frías. Sin embargo, en el código se dice que hay que informar al inspector de estas materias. Como si quien quiera construir una casa junto al camino tuviera que admitir los consejos de todos los transeúntes. ¡Las obras aún no se habrían terminado!

He aquí mi enseñanza:

Los nombramientos pertenecen al ámbito propio del soberano; las decisiones sobre la batalla, al del general.

Un príncipe con carácter debe elegir al hombre que conviene, dotarlo de responsabilidades y esperar los resultados.

Para triunfar sobre los enemigos se necesitan cinco circunstancias:

1. Saber cuándo es oportuno combatir y cuándo conviene retirarse.
2. Saber emplear lo poco y lo mucho según las circunstancias.
3. Combinar hábilmente las filas.

Mencio dice: «La estación apropiada no es tan importante como las ventajas del suelo; y nada de esto es tan importante como la armonía de las relaciones humanas».

4. Aquel que, prudente, se prepara para enfrentarse al enemigo aún inexistente obtendrá la victoria. No prever, con el pretexto de su rusticidad, es el mayor de los crímenes; estar preparado al margen de toda contingencia es la mayor de las virtudes.
5. Estar al abrigo de las injerencias del soberano en todo lo que se puede intentar para su servicio y la gloria de sus armas.

En estas cinco materias se encuentra la vía de la victoria.

Conoce a tu enemigo y conócete a ti mismo. Aunque tuvieras que sostener cien guerras, cien veces obtendrías la victoria.

Si no conoces a tu enemigo pero te conoces a ti mismo, tendrás tantas posibilidades de perder como de ganar.

Si no conoces ni a tu enemigo ni a ti mismo, sólo contarás tus combates por derrotas.

ARTÍCULO IV

DE LA MESURA EN LA DISPOSICIÓN DE LOS MEDIOS

Sun Tzu dice: Antiguamente, los guerreros experimentados en el arte de los combates se hacían invencibles, esperaban a que el enemigo fuera vulnerable y nunca se metían en guerras en las que a su juicio no obtendrían ventaja.

Antes de iniciarlas estaban casi seguros del éxito. Si la ocasión no era propicia, esperaban tiempos mejores para acometer al enemigo.

Partían del principio de que sólo se podía ser vencido por los propios errores, y que sólo se podía vencer por los errores de los enemigos.

La condición de invencible depende de uno mismo. La condición de enemigo vulnerable depende de él.

Conocer los medios que aseguran la victoria no equivale a conseguir la victoria.

Así, los generales más hábiles sabían de entrada lo que debían temer o lo que podían esperar, y avanzaban o retrocedían, presentaban batalla o se parapetaban con arreglo a la información de que disponían sobre el estado de sus tropas y las del enemigo. Si se creían más fuertes, no temían ir al combate y atacar los primeros. Si, por el contrario, veían que eran más débiles, se parapetaban y se mantenían a la defensiva.

La invencibilidad reside en la defensa; la posibilidad de victoria, en el ataque.

Quien se defiende muestra que su fuerza es inadecuada; quien ataca, que es abundante.

El arte de mantenerse oportunamente a la defensiva no es inferior que el de combatir con éxito.

Los expertos en defensa deben hundirse hasta el centro de la Tierra. Los que, por el contrario, quieren brillar en el ataque deben elevarse hasta el noveno cielo. Para defenderse del enemigo hay que estar escondido en las entrañas de la Tierra, como esos ríos subterráneos cuya fuente se desconoce y cuyos caminos no pueden encontrarse. Así es como esconderás todas tus acciones y como serás impenetrable. Quienes combaten deben elevarse hasta el noveno cielo, es decir, tienen que combatir de tal modo que el universo entero resuene con el ruido de su gloria.

La propia conservación es prioritaria en ambos casos. Debes conocer el arte de la victoria en idénticas circunstancias que quienes lo han hecho con honor. El deseo de triunfar a toda costa y andarse con sutilezas en la planificación militar apareja el riesgo de no igualar a los grandes maestros, de exponerse incluso a quedar infinitamente por debajo de ellos, pues, en este caso, lo que está por encima de lo bueno no es lo bueno mismo.

En todas las épocas, el universo entero ha considerado el hecho de conseguir victorias como algo bueno, pero me atrevo a decirte que también aquí lo que está por encima de lo bueno es a menudo peor que lo malo. Predecir una victoria previsible para cualquier hombre corriente, y que ello te haga acreedor de la condición de experto, no es la cumbre de la habilidad guerrera. No hay que ser muy fuerte para levantarle el pelo a los conejos en otoño. No hay que tener una vista muy penetrante para descubrir el Sol y la Luna. No hay que tener el oído muy delicado para oír el trueno cuando retumba con estruendo. No hay nada más natural y sencillo que todo esto. Los guerreros hábiles no encuentran más dificultades en los combates. Procuran ganar la batalla después de haber creado las condiciones propicias.

Lo han previsto todo. Se defienden ante cualquier eventualidad. Conocen la situación de los enemigos, conocen sus fuerzas y no ignoran lo que pueden hacer y hasta dónde pueden llegar. La victoria es una consecuencia natural de sus conocimientos.

Por eso, las victorias que haya obtenido un maestro en el arte de la guerra no le granjean ni la reputación de sabio ni la fama de valeroso.

El común de la gente no entiende que una victoria se obtenga antes de que la situación cristalice en hechos concretos.

Esto explica que el autor de la conquista no busque la reputación de sagacidad. Antes de que la hoja de su espada se tiña de sangre, el Estado enemigo ya se ha sometido. Si subyugas a tu enemigo sin librar combate, no te consideres hombre de valor.

Así eran nuestros antepasados: nada les era más fácil que vencer. Por eso no se creían merecedores del elogio fácil que tildaba de héroes valientes e invencibles. Sólo atribuían su éxito al cuidado extremo con el que trataban de evitar hasta el más pequeño error.

Si se evita hasta el más pequeño error, dará igual lo que hagas, pues habrás asegurado la victoria y podrás conquistar a un enemigo ya derrotado. No contemples desplazamientos inútiles en tus planes. No des pasos en vano en tus estrategias. El comandante hábil toma una posición que hace imposible la derrota. Hará concurrir todas las circunstancias que le garanticen el dominio de su enemigo.

Un ejército victorioso lleva ventaja antes de buscar la batalla. Un ejército destinado a la derrota combate con la esperanza de ganar.

Quienes se ocupan celosamente del arte de la guerra cultivan el Tao y conservan las regulaciones. Son, pues, capaces de formular políticas victoriosas.

Antes de entablar combate, trataban de humillar a sus enemigos, los mortificaban y los fatigaban de mil maneras. Sus campamentos eran lugares siempre al abrigo de todo ataque, lugares siempre a cubierto de toda sorpresa, lugares siempre impenetrables. Estos generales creían que, para vencer, las tropas debían reclamar el combate con ardor. Estaban convencidos de que, cuando estas mismas tropas reclamaban una victoria inmediata, acababan derrotadas.

No buscan la confianza ciega de las tropas, pues esta degenera en presunción. Las tropas que reclaman la victoria se han vuelto débiles por la pereza, o tímidas, o presuntuosas. Por el contrario, las tropas que reclaman el combate sin pensar en la victoria son tropas curtidas por el trabajo, tropas verdaderamente aguerridas, tropas siempre seguras de vencer.

De este modo se aventuraban a predecir los triunfos o las derrotas sin margen de error alguno, antes incluso de actuar, con el fin de asegurarse aquéllos o de cuidarse de éstas.

Los cinco elementos constitutivos del arte de la guerra son:

1. La medida del espacio.
2. La estimación de las cantidades.
3. Las reglas de cálculo.
4. Las comparaciones.
5. Las posibilidades de victoria.

Las medidas del espacio derivan del terreno,
las cantidades derivan de la medida,
las cifras emanan de las cantidades,
las comparaciones se desprenden de las cifras
y la victoria es el fruto de las comparaciones.

Un general victorioso es capaz de conducir a su pueblo al combate por la disposición de las fuerzas, igual que las aguas remansadas se liberan de pronto antes de lanzarse a un abismo sin fondo.

Así pues, tú que estás al frente de los ejércitos, no te olvides de nada que pueda hacerte digno del cargo que ostentas. Fíjate en los pesos y las medidas. Acuérdate de las reglas de cálculo. Investiga el funcionamiento de la balanza. La victoria no es más que el fruto de un cálculo exacto.

El conocimiento de las diferentes medidas te permitirá saber qué puedes extraer de la tierra. Sabrás lo que produce y siempre sacarás provecho de sus dones. Conocerás los diferentes caminos que conducen al objetivo que te hayas propuesto.

El cálculo te permitirá valorar si puedes atacar al enemigo. Sólo entonces movilizarás a la población y reclutarás a las tropas. Aprende a distribuir las municiones y las vituallas de la manera más oportuna. No peques ni por exceso ni por defecto.

Por último, si recuerdas las grandes victorias del pasado y las circunstancias en que se han producido, verás en qué han consistido y distinguirás cuáles han beneficiado a los vencedores y cuáles los han perjudicado.

Un *y* supera a un *chu* y lo arrastra si los pesamos ambos en una balanza. Sé para tus enemigos lo que el *y* es al *chu*.

Después de conseguir una ventaja inicial, no te vayas a dormir ni les des a tus tropas un descanso inoportuno. Lanza adelante la vanguardia de ejército con la misma rapidez con que un torrente se precipita desde las alturas. Que tu enemigo no tenga tiempo de orientarse, y piensa en recoger los frutos de tu victoria sólo cuando su derrota completa te permita hacerlo con seguridad, con tiempo y con tranquilidad.

ARTÍCULO V

DE LA ACTITUD

S un Tzu dice: Por lo general, mandar sobre grandes contingentes es lo mismo que hacerlo sobre los pequeños: una mera cuestión organizativa. No hay diferencias entre contingentes grandes y pequeños: está relacionado con la formación y con la transmisión de las señales.

Recuerda los nombres de todos tus oficiales, desde el general hasta el de menor graduación. Apúntalos en un dietario en el que desglosarás los talentos y la capacidad de cada uno de ellos para sacarles el máximo partido cuando se presente la ocasión. Procura que a todos tus subordinados les quede meridianamente claro que tu principal cometido es protegerlos de todo mal.

Las tropas que hagas avanzar contra el enemigo deben ser como unas piedras lanzadas contra unos huevos. La única diferencia admisible entre el enemigo y tú será la que existe entre el fuerte y el débil, lo vacío y lo lleno.

La certeza de aplacar el ataque enemigo sin sufrir una derrota depende del uso combinado, directo e indirecto, de las fuerzas.

Utiliza las fuerzas directas para entablar la batalla, y las fuerzas indirectas para imponer la decisión. Los recursos de quienes manejan las fuerzas indirectas con soltura son tan infinitos como los de los Cielos y la Tierra, y tan inagotables como el curso de los grandes ríos.

Ataca a descubierto, pero vence en secreto. Ésta es, en pocas palabras, la esencia de la habilidad y del manejo perfecto de las tropas. La plena luz y las tinieblas, lo aparente y lo secreto: he aquí todo el arte. Los que lo poseen son comparables al Cielo y a la Tierra, cuyos movimientos nunca dejan de tener efectos: se parecen a los ríos y a los mares, cuyas aguas no pueden agotarse. Aunque estuvieran sumidos en las tinieblas de la muerte, pueden regresar a la vida. Como el Sol y la Luna, hay un momento oportuno para mostrarse y otro para desaparecer. Como las cuatro estaciones, existe una gran variedad de posibles combinaciones. Como los cinco tonos de la música, como los cinco colores o como los cinco gustos, pueden llegar al infinito. Pues ¿quién ha oído jamás todas las melodías que pueden resultar de las diferentes combinaciones de los tonos? ¿Quién ha visto jamás todo lo que pueden representar los colores en sus diferentes matices? ¿Quién ha saboreado jamás todas las gamas de agradable o picante que los gustos son capaces de ofrecer de agradable? Y, sin embargo, sólo se señalan cinco colores y cinco clases de gustos.

Lo cierto es que en el arte militar y en el buen gobierno de las tropas sólo existen dos clases de fuerzas. Nadie puede comprenderlas por completo, pues sus combinaciones son ilimitadas. Estas fuerzas interactúan entre ellas. En la práctica funciona como una cadena de operaciones cuyo extremo no se puede ver, como los anillos múltiples y entremezclados que hay que juntar para formar un anular. Es como una rueda en movimiento que no tiene principio ni fin.

En el arte militar, cada operación requiere plena luz o tinieblas, dependiendo de las circunstancias. Son tan opuestas como el bloque de piedra a las aguas de los torrentes cuyo lecho se quiere estrechar. Para atrapar pájaros sólo valen las redes endebles. No obstante, el río rompe a veces los diques después de haberlos minado poco a poco, y los pájaros, a fuerza de debatirse, rompen en ocasiones las redes que los retienen.

El agua de los torrentes choca contra las rocas debido a su impulso, y las quiebra. Para obtener el mismo efecto, el halcón gradúa la intensidad de su ataque en función de la distancia.

Los auténticos poseedores del arte de gobernar bien las tropas son aquellos que reúnen las siguientes características. Han sabido desarrollar una potencia formidable. Han adquirido una autoridad ilimitada. No se dejan abatir por las circunstancias, por adversas que sean. No son impulsivos. Conservan la sangre fría propia de quien ejecuta actos largo tiempo planeados. Por último, actúan siempre con la desenvoltura fruto de la habilidad y de la experiencia. Así, el impulso de quien es hábil en el arte de la guerra resulta irresistible, y su ataque está ordenado con precisión.

El potencial de esta clase de guerreros es como el de los grandes arcos tensados al máximo: todo se pliega bajo sus golpes, todo es derribado. Al igual que un globo que presenta una igualdad perfecta entre todos los puntos de su superficie, son igualmente fuertes en todas partes. Su resistencia es la misma en todas partes. En lo más intenso de la refriega y de un desorden aparente, saben guardar un orden que nada puede interrumpir, hacen nacer la fuerza del seno mismo de la debilidad, hacen aflorar la bravura y el valor incluso del más cobarde y pusilánime.

Pero antes de maravillar por la capacidad de mantener el orden en medio del desorden se necesita reflexionar en profundidad sobre todos los posibles acontecimientos.

Hacer nacer la fuerza en el seno mismo de la debilidad sólo está al alcance de quienes detentan un poder absoluto y una autoridad sin límites (por la palabra «poder» no hay que entender aquí «dominación», sino esa facultad que hace que uno pueda reducir a acto todo lo que se propone). La naturaleza del héroe estriba en su capacidad de comportarse con bravura y valor en medio de la cobardía y la pusilanimidad. Más que ser un héroe, quien se comporta así está por encima de los más intrépidos.

Un comandante hábil busca la victoria en la situación y no se la exige a sus subordinados.

No obstante, por grande y maravilloso que parezca lo ya expuesto, todavía cabe exigirles algo más a quienes gobiernan las tropas: el arte de hacer moverse a los enemigos a su entero antojo. Los poseedores de este arte admirable disponen de la actitud de su gente y del ejército que dirigen. Por eso convocan al enemigo siempre que lo consideran oportuno. Saben comportarse con liberalidad cuando conviene, incluso con aquellos a quienes quieren vencer: le dan al enemigo y el enemigo recibe, lo abandonan y él viene a cogerlo. Están dispuestos a todo. Aprovechan todas las circunstancias. Siempre desconfiados, hacen vigilar a sus subordinados. Desconfiando de sí mismos, no descuidan ningún medio potencialmente útil.

Para ellos, los hombres a quienes hay que combatir son como piedras o piezas de madera que tuvieran que hacer rodar de arriba abajo.

La piedra y la madera no se desplazan por sí mismas, sino que siguen el movimiento que se les imprime. Si son cuadrados, no tardan en pararse. Si son redondos, ruedan hasta encontrar una resistencia más fuerte que la fuerza que se les imprimió.

Procura que el enemigo esté en tus manos como una piedra esférica que tendrías que hacer rodar desde la montaña más alta. La fuerza que se le imprime es mínima, pero los resultados son enormes. En esto se reconocerá que tienes poder y autoridad.

ARTÍCULO VI

DE LO LLENO
Y LO VACÍO

Sun Tzu dice: Una de tus prioridades antes de presentar combate es elegir bien el emplazamiento de tu campamento. Para ello hay que actuar con diligencia, no hay que dejar que el enemigo se te adelante, debes acampar antes de que te reconozca, y antes incluso de que sepa que te habías marchado. La menor negligencia en este aspecto puede acarrearte consecuencias nefastas. En general, acampar después de los otros sólo conlleva desventajas.

El que es capaz de hacer acudir al enemigo por su propia iniciativa, lo hace ofreciéndole alguna ventaja; y el que desea impedírselo, lo hace hiriéndolo.

El encargado de conducir a un ejército no debe fiarse de los demás para tomar una decisión de este calibre. Debe hacer algo más. Si en verdad es hábil, podrá disponer a su voluntad del campamento y de todas las marchas de su enemigo. Un gran general no se espera a que lo hagan ir: sabe hacer venir. Si procuras que el enemigo trate de acudir por propia voluntad justo adonde quieres que vaya, procura también allanarle el camino y eliminar todos los posibles obstáculos: alarmado por las adversidades, podría renunciar a la empresa. En tal caso, se perderían tu trabajo y tus esfuerzos, y quizás algo más.

Lo fundamental es hacerle querer todo lo que deseas que haga y proporcionarle, sin que se dé cuenta, todos los medios para secundarte.

Después de haber dispuesto así el lugar de tu campamento y el del propio enemigo, espera tranquilamente a que tu adversario dé los primeros pasos. Mientras esperas, intenta que pase hambre en medio de la abundancia, trata de procurarle inquietudes en medio del reposo y de provocarle mil terrores cuando más seguro se crea.

Si después de una larga espera no ves que el enemigo esté dispuesto a salir de su campamento, sal tú del tuyo. Provoca su movimiento con el tuyo, ocasiónale frecuentes alarmas, indúcelo a cometer alguna imprudencia de la que puedas sacar provecho.

Si se trata de guardar, guarda con fuerza: no te duermas. Si se trata de ir, ve rápidamente, ve con seguridad por caminos que sólo conozcas tú.

Trasládate a lugares a los que el enemigo no pueda sospechar que tienes intención de ir. Sal de improviso donde no te espera y cae sobre él cuando menos lo piense.

Para estar seguro de tomar lo que atacas, hay que dar el asalto allí donde no se protege. Para estar seguro de conservar lo que defiendes, hay que defender un lugar que el enemigo no ataque.

Si después de haber caminado durante bastante tiempo, si con tus marchas y contramarchas has recorrido mil leguas sin haber sufrido daños, incluso sin que te hayan detenido, sólo cabe extraer las siguientes conclusiones: que el enemigo ignora tus intenciones, que te tiene miedo, o bien que no destaca vigilantes en los puestos potencialmente importantes para él. Evita caer en semejante defecto.

El arte supremo de un general consiste en procurar que el enemigo no sepa nunca dónde tendrá que combatir y en hurtarle el conocimiento de los puestos que hace vigilar. Si lo consigue, y si puede ocultar también hasta los menores detalles de sus acciones, no sólo será un hábil general, sino también un hombre extraordinario, un prodigio. Ve sin que lo vean, oye sin que lo oigan, actúa en silencio y dispone a placer de la suerte de sus enemigos.

Además, si los ejércitos están desplegados y no percibes vacíos que te pueda favorecer, no intentes arrollar los batallones enemigos. Si al emprender la huida o retroceder caminan con paso firme y ordenado, no intentes perseguirlos. Si los persigues, no vayas demasiado lejos ni te adentres en países desconocidos. Si tienes intención de librar la batalla pero los enemigos se han atrincherado, no los ataques, sobre todo si están bien parapetados tras fosos anchos y murallas elevadas. Si, por el contrario, no consideras oportuno librar el combate y quieres evitarlo, sigue atrincherado y dispuesto a sostener el ataque y realizar algunas salidas útiles.

Deja que los enemigos se fatiguen, espera a que estén relajados o muy seguros de sí mismos. Entonces podrás salir y caer sobre ellos en posición de ventaja.

Presta siempre la máxima atención para no separar nunca los diferentes cuerpos de tus ejércitos. Disponlos de modo que siempre les resulte fácil sostenerse unos a otros. En cambio, obliga al enemigo a dividirse todo lo posible. Si se divide en diez cuerpos, ataca cada uno de ellos por separado con tu ejército entero. Ese es el verdadero medio de combatir siempre con ventaja. De este modo, por pequeño que sea tu ejército, el mayor contingente será siempre el tuyo.

Que el enemigo no sepa nunca cómo tienes intención de combatirlo, ni la manera en que te dispones a atacarlo o a defenderte. Pues, si se prepara en el frente, su retaguardia será débil; si se prepara en la retaguardia, su frente será frágil; si se prepara en el flanco izquierdo, su flanco derecho será vulnerable; si se prepara en el flanco derecho, su flanco izquierdo estará debilitado; y si se prepara en todos los lugares, en todas partes estará en desventaja. Si no le prestas la menor atención, hará grandes preparativos, intentará hacerse fuerte en todos lados y dividirá sus fuerzas. Y ahí reside su perdición.

En cuanto a ti, no hagas lo mismo: que todas tus fuerzas principales estén en el mismo lado. Si quieres atacar de frente, elige un sector y pon al frente de tus tropas lo mejor que tengas. Raramente se resiste a un primer esfuerzo. A la inversa, es difícil recuperarse cuando de entrada lleva la peor parte. El ejemplo de los valientes basta para infundir valor a los más cobardes. Éstos siguen sin dificultad el camino que se les muestra, pero que por sí mismos no pueden abrir. Si quieres hacer combatir al ala izquierda, disponlo todo en ese lado y reserva para el ala derecha a tus tropas más débiles. Pero, si quieres vencer por el ala derecha, que sea también en el ala derecha donde estén tus mejores tropas y toda tu atención.

Quien dispone de pocos hombres debe prepararse contra el enemigo. Quien tiene muchos debe procurar que el enemigo se prepare contra él.

Esto no es todo. Del mismo modo que es esencial que conozcas a fondo el lugar donde debes combatir, no es menos importante que te informes acerca del día, la hora y el momento mismos del combate. No los descuides nunca, pues te serán de utilidad a efectos de cálculo. Si tienes lejos al enemigo, averigua qué camino sigue a diario y síguelo paso a paso, aunque en apariencia permanezcas inmóvil en tu campamento. Contempla todo lo que hace, aunque tus ojos no puedan ir adonde está él. Escucha todos los discursos, aunque estés fuera del alcance de su voz. Sé testigo de todo su comportamiento, y entra incluso en el fondo de su corazón para leer en él sus temores o sus esperanzas.

Plenamente informado de todos sus proyectos, de todas sus marchas, de todas sus acciones, lo harás acudir cada día justo al lugar al que quieres que llegue. En este caso, lo obligarás a acampar de manera que el frente de su ejército no pueda recibir auxilio de los que están en la retaguardia, que el ala derecha no pueda ayudar al ala izquierda, y lo combatirás así en el lugar y el momento que más te convengan.

Antes de que llegue el día dispuesto para el combate, no debes estar ni demasiado lejos ni demasiado cerca del enemigo. Acércate sólo a unas pocas leguas, pero no más. Por el contrario, diez leguas enteras son el espacio más grande que debes dejar entre tu ejército y el suyo.

No te rodees de un ejército demasiado numeroso, pues una cantidad excesiva de personas suele ser más perjudicial que útil. Un pequeño ejército bien disciplinado es invencible si está bajo el mando de un buen general. ¿De qué le servían al rey de Yue las bellas y numerosas cohortes que tenía dispuestas cuando estaba en guerra contra el rey de Wu? Éste, con pocas tropas, con un puñado de hombres, lo venció, lo dominó y no le dejó, de todos sus estados, más que un recuerdo amargo y la vergüenza eterna por haberlos gobernado tan mal.

Digo que la victoria se puede crear, aunque el enemigo sea numeroso. Puedo impedirle entrar en combate; pues, si desconoce mi situación militar, puedo hacer que se preocupe de su propia preparación. De ese modo le arrebataré la ocasión de establecer planes para batirme.

1. Determina los planes del enemigo y sabrás qué estrategia será coronada por el éxito y cuál no lo será.
2. Pertúrbalo y hazle revelar su orden de batalla.
3. Determina sus disposiciones y hazle descubrir su campo de batalla.
4. Ponlo a prueba y averigua dónde su fuerza es abundante y dónde es deficiente.
5. La suprema táctica consiste en disponer las propias tropas sin forma aparente; entonces los espías más penetrantes no pueden fisgonear y los sabios no pueden establecer planes contra ti.
6. Establezco planes para la victoria según las formas, pero la multitud apenas lo comprende. Aunque todos puedan ver los aspectos exteriores, nadie puede comprender la vía con la que he creado la victoria.
7. Y cuando he ganado una batalla, no repito mi táctica, sino que respondo a las circunstancias según una variedad infinita de vías.

No obstante, si sólo tienes un pequeño ejército, no cometas la imprudencia de ir contra un ejército numeroso. Debes tomar muchas precauciones antes de llegar hasta ese punto. Cuando se poseen los conocimientos ya mencionados, uno sabrá si hay que atacar o si, por el contrario, hay que mantenerse a la defensiva. Se sabe cuándo hay que permanecer tranquilo y cuándo es tiempo de ponerse en movimiento. Si uno se ve obligado a combatir, sabrá de inmediato si será el vencedor o el vencido. Basta con ver la actitud de los enemigos para inferir su victoria o su derrota, su perdición o su salvación. Una vez más, si quieres ser el primero en atacar, no lo hagas sin haber comprobado antes si tienes todo lo necesario para lograr el éxito.

En el momento de desencadenar tu acción, lee en las primeras miradas de tus soldados. Presta atención a sus primeras reacciones. A juzgar por su ardor o su indolencia, por su temor o su intrepidez, deduce si te acompañarán el éxito o la derrota. No es un presagio engañoso el de la primera actitud de un ejército dispuesto a librar el combate. Los hay que, después de haber obtenido la victoria, habrían sido completamente derrotados si la batalla se hubiera librado un día antes o algunas horas más tarde.

Con las tropas debe ocurrir más o menos como con el agua corriente. Así como el agua que corre evita las alturas y se precipita hacia el terreno llano, de este modo un ejército evita la fuerza y ataca la debilidad.

Si la fuente es elevada, el río o el arroyo corren raudos. Si la fuente está casi a ras del suelo, apenas se percibe movimiento. Si encuentra algún hueco, el agua lo llena por sí misma en cuanto encuentra la menor salida que lo favorezca. Si hay lugares demasiado llenos, el agua busca por sí sola el modo de descargarse en otra parte.

En cuanto a ti, si, al recorrer las filas de tu ejército, ves que hay un vacío, tienes que llenarlo; si encuentras algo en exceso, hay que disminuirlo; si te das cuenta de que hay algo demasiado alto, hay que rebajarlo; si hay algo demasiado bajo, hay que elevarlo.

El agua, en su movimiento, sigue la situación del terreno en el que corre. Asimismo, tu ejército debe adaptarse al terreno sobre el que se mueve. El agua que no tiene nada de pendiente no puede correr. Las tropas que no están bien conducidas no pueden vencer.

El general hábil sacará partido incluso de las circunstancias más peligrosas y críticas. Sabrá hacer tomar la forma que quiera no sólo al ejército que dirige, sino incluso al de sus enemigos.

Las tropas, cualesquiera que sean, no tienen cualidades constantes que las hagan invencibles. Los peores soldados pueden cambiar para bien y convertirse en excelentes guerreros.

Actúa de acuerdo con este principio; no dejes escapar ninguna ocasión cuando te sea favorable. Los cinco elementos no son igualmente puros en todo momento y lugar, del mismo modo que las cuatro estaciones no se suceden de la misma manera cada año. La salida y la puesta del Sol no tienen lugar siempre en el mismo punto del horizonte.

En cuanto a los días, unos son largos y otros, cortos. La Luna crece y mengua y no siempre brilla con la misma intensidad. Un ejército bien dirigido y bien disciplinado imita todas estas variedades con gran oportunidad.

ARTÍCULO VII

DEL ENFRENTAMIENTO DIRECTO E INDIRECTO

Sun Tzu dice: Después de que el general haya recibido del soberano la orden de iniciar la campaña, reúne las tropas y moviliza al pueblo. Esto convierte el ejército en un conjunto armonioso. Ahora debe prestar atención en procurarles campamentos ventajosos, pues de este asunto más que de ninguna otra consideración depende el éxito de sus proyectos y de todas sus empresas. Este asunto no es tan fácil de ejecutar como cabría suponer. Las dificultades suelen ser innumerables y de todas clases. No hay que olvidar nada para allanarlas y vencerlas.

Una vez acampadas las tropas, hay que ocuparse de lo que está cerca y de lo que está lejos, de las ventajas y de las pérdidas, del trabajo y del reposo, de la diligencia y de la lentitud. En resumen, hay que acercar lo que está lejos, sacar provecho incluso de las pérdidas, sustituir un reposo vergonzoso por un trabajo útil y convertir la lentitud en diligencia. Debes estar cerca cuando el enemigo te crea muy lejos. Debes tener una ventaja real cuando el enemigo crea que te ha infligido pérdidas. Debes estar ocupado en algún trabajo útil cuando te crea sepultado en el reposo. Debes ser lo más diligente posible cuando considere que te mueves con lentitud. De este modo lo engañarás y lo adormecerás para atacarlo cuando menos se lo espere y sin que tenga tiempo de orientarse.

El arte de aprovecharse de lo cercano y lo lejano consiste en mantener al enemigo alejado del lugar que hayas escogido para erigir tu campamento y de todos los puestos que consideres de cierta importancia. Consiste en alejar del enemigo todo lo que podría serle ventajoso y en acercar a ti todo aquello de lo que puedas sacar algún provecho. Consiste también en mantenerte continuamente en guardia para no ser sorprendido y en velar sin cesar para espiar el momento de sorprender a tu adversario.

Así pues, toma una vía indirecta y despista al enemigo presentándole el señuelo de modo que puedas ponerte en camino después que él y llegar antes que él. El que es capaz de hacer esto comprende la aproximación directa e indirecta.

Además, no te lances nunca en pos de pequeñas acciones si no estás seguro de que redundarán en tu beneficio. Hazlo sólo si te ves obligado, pero sobre todo abstente de iniciar una acción general si no estás razonablemente seguro de que obtendrás la victoria total. Es muy peligroso precipitarse en casos semejantes. Arriesgarse a presentar batalla en un momento inadecuado puede ser tu perdición. Lo menos grave que puede sucederte, si el resultado es incierto o si sólo triunfas a medias, es que la mayor parte de tus esperanzas se vean frustradas y no puedas alcanzar tus objetivos.

Antes de entablar el combate definitivo, tienes que haberlo previsto y estar preparado para ello desde mucho tiempo antes. Nunca dejes al azar los asuntos de esta índole. Cuando hayas decidido entablar batalla y que todo está dispuesto, deja en lugar seguro toda la impedimenta inútil, haz que tus hombres se despojen de posibles estorbos o cargas. Déjales sólo las armas que puedan llevar sin dificultades.

Cuando abandones el campamento con la esperanza de obtener una ventaja probable, procura que ésta sea mayor que el avituallamiento que abandonas.

Si tienes que desplazarte a un lugar muy lejano, camina día y noche. Recorre el doble de la jornada habitual. Haz que la élite encabece las tropas y dispón a los más débiles a la cola.

Tenlo todo bien previsto y dispuesto, y ataca al enemigo cuando te crea aún a cien leguas de distancia. Si obras así, te auguro la victoria.

Pero si tienes que recorrer cien leguas hasta llegar a tu destino y sólo haces cincuenta, y el enemigo se ha adelantado y ha recorrido otras tantas, de cada diez combates te derrotarán en cinco, y de tres combates hay dos en que serás vencedor. Si el enemigo se entera de que avanzas hacia él cuando sólo te quedan treinta leguas para alcanzarlo, difícilmente podrá prepararse para recibirte.

En cuanto llegues, no retrases el ataque so pretexto de hacer descansar a tus hombres. Un enemigo sorprendido ya está medio vencido. No sería el caso si tuviera tiempo de orientarse. No tardará en encontrar recursos para escaparse e incluso podría perderte.

No descuides nada que pueda contribuir al buen orden, la salud y la seguridad de tus hombres mientras estén bajo tu mando. Preocúpate de que las armas de tus soldados estén siempre en buen estado. Procura que no les falten provisiones, que se encuentren en buen estado y que las reúnes a tiempo, pues difícilmente podrás vencer si tus tropas están mal pertrechadas, si hay escasez de víveres en el campamento o si no tienes de antemano todas las provisiones necesarias.

No olvides mantener buenas relaciones en secreto con los ministros extranjeros. Mantente siempre informado de los posibles proyectos de los príncipes aliados o tributarios, de las intenciones buenas o malas de los que pueden influir en el comportamiento del señor al que sirves y procurarte órdenes o prohibiciones capaces de interferir en tus proyectos y hacer inútiles todas tus precauciones.

Tu prudencia y tu valor no podrían mantenerse mucho tiempo contra sus maquinaciones o sus malos consejos. Para obviar este inconveniente, consúltalos en determinadas ocasiones, como si necesitaras escuchar su criterio. Todos sus amigos serán los tuyos. Tus intereses y los suyos deben converger. Cede ante ellos en las cosas pequeñas, en una palabra, mantén la unión más estrecha que te sea posible.

Ten un conocimiento exacto y detallado de todo lo que te rodea, de los emplazamientos del bosque, el bosquecillo, el río, el arroyo, el terreno árido y pedregoso, el lugar pantanoso y malsano, la montaña, la colina, el promontorio, un vallecillo, el desfiladero o el campo abierto; en fin, todo lo que pueda servir o perjudicar a las tropas que diriges. Si te resultara imposible informarte en persona de las ventajas y desventajas del terreno, rodéate de guías locales en los que puedas confiar a ciegas.

La fuerza militar se ordena con arreglo a su relación con lo semejante.

Desplázate cuando estés en situación ventajosa, y crea cambios de situación dispersando y concentrando las fuerzas.

En las ocasiones en que se trate de estar tranquilo, haz que reine en tu campamento una tranquilidad semejante a la que reina en medio de los bosques más espesos. Cuando, por el contrario, debas realizar movimientos y ruido, imita el estruendo del trueno. Si tienes que mantenerte firme en tu puesto, permanece allí firme como una montaña. Si te dispones al saqueo, despliega la actividad del fuego. Si hay que deslumbrar al enemigo, sé como un relámpago. Si pretendes ocultar tus intenciones, sé oscuro como las tinieblas. Guárdate, por encima de todo, de hacer salidas en vano. Cuando llegues a enviar algún destacamento, que sea siempre con la esperanza o, mejor dicho, con la certeza de una ventaja real. Para evitar el descontento, realiza siempre un reparto exacto y justo de todo lo que le hayas quitado al enemigo.

Quien conoce el arte de la aproximación directa e indirecta obtendrá la victoria. He aquí el arte del enfrentamiento.

A todo lo apuntado cabe añadir la manera de dar las órdenes y de hacerlas ejecutar. Hay ocasiones y campamentos en los que la mayoría de tus hombres no pueden verte ni oírte: los tambores, los estandartes y las banderas pueden reemplazar a tu voz y a tu presencia. Instruye a tus tropas sobre todas las señales que puedes emplear. Si tienes que moverte por la noche, haz ejecutar tus órdenes con el ruido de un gran número de tambores. Si, por el contrario, tienes que actuar durante el día, utiliza las banderas y los estandartes para hacer saber tu voluntad.

El estruendo de un gran número de tambores servirá durante la noche tanto para infundir miedo a tus enemigos como para reavivar el valor de tus soldados: la brillantez de un gran número de estandartes, la multitud de sus evoluciones, la diversidad de sus colores y lo extravagante de sus combinaciones al instruir a tus hombres los tendrán siempre en vilo durante el día, los ocuparán y les alegrarán el corazón, a la vez que arrojarán la inquietud y la perplejidad en el de tus enemigos.

Así, además de la ventaja que obtendrás al hacerle saber sin demora tus órdenes a todo tu ejército al mismo tiempo, tendrás también la de fatigar al enemigo al hacerlo estar atento a todo lo que crea que tramas, de arrancarle dudas continuas sobre cómo te comportarás y de infundirle siempre temor.

Si algún valiente quiere salirse solo de las filas para ir a provocar al enemigo, no se lo permitas: este tipo de soldados no regresan casi nunca. Lo habitual es que perezcan a traición o aplastados por la muchedumbre.

Cuando veas a tus tropas bien dispuestas, no dejes de aprovechar su ardor: corresponde a la habilidad del general la capacidad de hacer surgir las ocasiones y distinguir cuándo son favorables. No dejes por ello de consultar la opinión de los oficiales generales ni de aprovechar sus luces, sobre todo si tienen el bien común por objeto.

A un ejército se le puede robar el espíritu y arrebatar la habilidad, lo mismo que la valentía de sus comandantes.

Al alba, los espíritus son penetrantes; durante el día languidecen, y por la noche entran en casa.

Mei Yao-tchen dice: «Mañana, día y noche representan las fases de una larga campaña».

Así pues, cuando quieras atacar al enemigo desde una posición ventajosa, elige el momento en que se supone que los soldados deberían estar debilitados o fatigados. Previamente habrás tomado tus precauciones, y tus tropas descansadas y frescas tendrán de su lado la ventaja de la fuerza y el vigor. Éste es el control del factor moral.

Si ves que el orden reina en las filas enemigas, espera a que éste se haya interrumpido y a percibir cierto desorden. Si su proximidad excesiva te ofusca o molesta, aléjate hasta haber recuperado la serenidad. Éste es el control del factor mental.

Si ves que muestran ardor, espera a que se calme y los abrume el peso del tedio o de la fatiga. Éste es el control del factor físico.

Si escapan a lugares elevados, no los persigas. Si tú mismo te encuentras en terreno poco propicio, cambia de emplazamiento sin demora. No entables combate cuando el enemigo despliegue sus banderas bien alineadas y unas formaciones impresionantes. Éste es el control de los factores de cambio de las circunstancias.

Si, reducidos a la desesperación, vienen para vencer o morir, evita su encuentro.

A un enemigo rodeado debes dejarle una vía de salida.

Si los enemigos reducidos al último extremo abandonan su campamento y quieren abrirse camino para ir a acampar a otra parte, no los detengas.

Si son ágiles y ligeros, no corras tras ellos. Si les falta todo, impide que se desesperen.

No te cebes con un enemigo acorralado.

He aquí prácticamente todo lo que tenía que decirte sobre las diferentes ventajas que debes intentar obtener cuando, al frente de un ejército, tengas que medirte con enemigos que, aunque quizá sean tan prudentes y tan valientes como tú, no podrías vencerlos sin recurrir a las pequeñas estratagemas que acabo de referir.

ARTÍCULO VIII

DE LOS NUEVE CAMBIOS

S un Tzu dice: Por lo general, el empleo de los ejércitos es competencia del comandante en jefe, después que el soberano le haya ordenado movilizar al pueblo y reunir al ejército.

1. Si te encuentras en lugares pantanosos, en lugares donde quepa esperar inundaciones, en lugares cubiertos de espesos bosques o de montañas escarpadas, en lugares desiertos y áridos, en lugares donde no hay más que ríos y arroyos, en lugares, en fin, donde resulte difícil obtener auxilio y te expongas a no recibir ninguna clase de apoyo, trata de salir de ellos de la manera más rápida posible. Ve a buscar algún paraje espacioso por donde tus tropas puedan desplegarse, del que les resulte fácil salir y en el que tus aliados puedan prestarte auxilio en caso de necesidad.

2. Evita por todos los medios acampar en lugares aislados. Si no te queda más remedio, permanece en ellos sólo durante el tiempo necesario para salir. Adopta las medidas que te garanticen una salida segura y ordenada.

3. Si te encuentras en lugares alejados de las fuentes, de los arroyos y de los pozos, en los que escaseen los víveres y el

forraje, aléjate de ellos en cuanto tengas ocasión. Antes de levantar el campamento, comprueba si el lugar que has elegido está protegido por alguna montaña que te proteja de posibles ataques por sorpresa, si puedes salir de él fácilmente y si tienes las comodidades necesarias para procurarte los víveres y las demás provisiones. Si reúne todas estas condiciones, no dudes en apoderarte de él.

4. Si estás en un lugar de muerte, busca la ocasión de combatir. Llamo «lugar de muerte» a la clase de parajes donde no hay recursos, donde te expones a morir a la intemperie, donde las provisiones se consumen poco a poco sin esperanza de reponerlas, donde las enfermedades que asaltan al ejército amenazan con causar grandes estragos. Si te encuentras en tales circunstancias, apresúrate a librar algún combate. Te garantizo que tus tropas sabrán combatir bien. Morir a manos del enemigo les parecerá un mal menor comparado con los que están a punto de abatirse sobre ellos y aplastarlos.

5. Si, por azar o por culpa tuya, tu ejército se encontrara en lugares llenos de desfiladeros en los que serías presa fácil de emboscadas, de los que no sería fácil escaparte en caso de persecución y en los que podrían cortarte el suministro de víveres y los caminos, guárdate mucho de atacar al enemigo; pero si el enemigo te ataca, combate hasta la muerte. No te contentes con obtener una pequeña ventaja o una victoria aparente: podría tratarse de un cebo para derrotarte sin remedio. Mantente alerta aun cuando todo haga indicar que has obtenido una victoria completa.

6. Cuando sepas que una ciudad, por pequeña que sea, está bien fortificada y bien provista de municiones de guerra y de vituallas, guárdate mucho de sitiarla. Si no te informas del estado en que se encuentra hasta que el asedio se haya iniciado, no te obstines en mantenerlo, pues corres el riesgo

de ver fracasar a todas tus fuerzas contra esa plaza que al final te verías obligado a abandonar vergonzosamente.

7. No dejes de perseguir toda posición de ventaja cuando puedas consolidarla y no entrañe ninguna pérdida por tu parte. Desdeñar estas pequeñas ventajas puede acarrear grandes pérdidas y perjuicios irreparables.

8. Antes de pensar en procurarte alguna ventaja, compárala con el trabajo, el esfuerzo, los gastos y las pérdidas de hombres y municiones que puede ocasionarte. Plantéate si podrás conservarla fácilmente, y después decide tomarla o dejarla según te lo aconsejen las leyes de la prudencia.

9. Cuando sea necesario tomar partido sin demora, no esperes a recibir las órdenes del príncipe. Si te vieras obligado a actuar contra las órdenes recibidas, no lo dudes: actúa sin miedo. La primera y principal intención de quien te ha puesto al frente de sus tropas es que venzas a los enemigos. De haber previsto la situación en la que te encuentras, él mismo te habría dictado la conducta que quiere seguir.

He aquí los que yo llamo los nueve cambios o las nueve circunstancias principales que deben inducirte a cambiar la actitud o la posición de tu ejército, a cambiar de situación, a ir o a volver, a atacar o a defenderte, a actuar o a mantenerte en reposo. Un buen general nunca debe decir: «Ocurra lo que ocurra, haré tal cosa, iré allá, atacaré al enemigo, sitiaré esa plaza». Sólo las circunstancias deben determinarlo; no deben atenerse a un sistema general ni a una manera única de gobernar. Cada día, cada ocasión y cada circunstancia exigen una aplicación particular de los mismos principios. Los principios son buenos en sí mismos, pero la aplicación que se hace de ellos a menudo los vuelve malos.

Un gran general debe conocer el arte de los cambios. Si se limita a poseer nociones de ciertos principios, a aplicar de manera rutinaria las reglas del arte, si es inflexible con sus métodos de mando, si no se aparta de sus esquemas preconcebidos o si sus métodos de toma de decisiones son muy mecánicos, no merece mandar.

Debido al rango que ocupa, el general se encuentra por encima de los demás hombres. Por ello es necesario que sepa gobernar a los hombres. Es necesario que sepa conducirlos. Es necesario que realmente esté por encima de ellos no sólo por su dignidad, sino también por su espíritu, su saber, su capacidad, su comportamiento, su firmeza, su valentía y sus virtudes. Es necesario que sepa distinguir las ventajas verdaderas de las falsas, las pérdidas verdaderas de las que sólo son aparentes; que sepa compensar lo uno con lo otro y sacar partido de todo. Es necesario que sepa utilizar de la manera oportuna ciertos artificios para engañar al enemigo, y que esté alerta sin cesar para no dejarse engañar él mismo. No debe desconocer ninguna de las trampas a que puedan someterlo, debe penetrar todos los artificios del enemigo, cualquiera que sea su naturaleza, pero no por ello debe querer adivinar. Está alerta. Tienes que verlo venir. Espía sus movimientos y todo su comportamiento y saca tus conclusiones. De lo contrario, corres el riesgo de equivocarte y de ser la triste víctima de tus conjeturas precipitadas.

Si no quieres dejarte asustar por todos tus trabajos y esfuerzos, cuenta con lo que sea más duro y penoso. Trabaja sin descanso para poner al enemigo en aprietos. Hay varias maneras de hacerlo, pero a continuación referiré los aspectos más relevantes.

No te olvides de nada que pueda corromper a sus partidarios hasta la médula: ofertas, regalos, caricias... No omitas nada. Llegado el caso, incurre en el engaño: haz caer a las personas honorables de su bando en acciones vergonzosas e indignas de su reputación, en acciones que les hagan ruborizarse cuando se conozcan y esfuérzate por divulgarlas.

Reúnete en secreto con los elementos más viciosos del campo enemigo. Sírvete de ellos para alcanzar tus fines juntándolos con otros viciosos.

Obstaculiza su gobierno, siembra la discordia entre sus jefes, enfrenta a unos contra otros, haz que murmuren contra sus oficiales, haz que los oficiales subalternos se amotinen contra sus superiores, procura que les falten víveres y municiones, difunde entre ellos algunos aires de música voluptuosa que les ablande el corazón, envíales mujeres para acabar de corromperlos, intenta que salgan cuando les convendría estar en su campamento y que estén tranquilos en su campamento cuando deberían estar en movimiento. Haz que reciban sin cesar falsas alarmas y falsos avisos; compromete en tu interés a los gobernadores de sus provincias.

Ésta es una muestra de lo que debes hacer si quieres engañar mediante la habilidad y la astucia.

Los generales que brillaban entre nuestros antepasados eran hombres prudentes, previsores, intrépidos y que trabajaban duro. Siempre llevaban el sable colgado al lado, nunca daban por hecho que el enemigo no acudiría, siempre estaban preparados para cualquier acontecimiento, se hacían invencibles y, si encontraban al enemigo, no tenían necesidad de esperar auxilio para medirse con él. Las tropas que dirigían estaban bien disciplinadas y siempre dispuestas a dar un golpe de mano a la primera señal que les dieran.

En ellos, la lectura y el estudio precedían a la guerra y los preparaban para ella. Guardaban con cuidado sus fronteras y no dejaban de fortificar bien sus ciudades. No iban contra el enemigo cuando se habían enterado de que había hecho todos los preparativos necesarios para recibirlos bien. En vez de eso, lo atacaban por sus puntos débiles y cuando estaba entregado a la pereza y la ociosidad.

Antes de terminar este artículo, debo prevenirte contra cinco clases de peligros, tanto más temibles por su aparente carácter inocuo, escollos funestos contra los cuales la prudencia y la bravura se han estrellado más de una vez.

1. El primero es un ardor demasiado grande para afrontar la muerte; ardor temerario al que se honra a menudo con los bellos nombres de coraje, intrepidez y valor, pero que, en el fondo, apenas merece más que el de cobardía. Un general que se expone sin necesidad, como lo haría un mero soldado, que parece buscar los peligros y la muerte, que combate y hace combatir hasta el último extremo, es un hombre que merece morir. Es un hombre sin cabeza que

no puede encontrar ningún recurso para salir de un mal paso; es un cobarde que no puede sufrir el menor fracaso sin quedar consternado y que se cree perdido si no tiene éxito en todo cuanto acomete.

2. El segundo es una atención demasiado grande por conservar la vida. Uno se cree necesario para el ejército entero, otro no quiere exponerse y un tercero no se atreve, por ello, a proveerse de víveres en el campo enemigo. Todo inspira desconfianza. Todo da miedo. Siempre se está en suspenso, no se toman decisiones, se espera una ocasión más favorable, se pierde la que se presenta y no se realiza ningún movimiento; pero el enemigo, que siempre está atento, se aprovecha de todo y pronto le hace perder toda esperanza a un general tan prudente. Lo rodeará, le cortará el suministro de víveres y lo hará perecer por el excesivo sentimiento de autopreservación.

3. El tercero es una cólera precipitada. Un general que no sabe moderarse, que no es dueño de sí mismo y que se abandona a los primeros movimientos de indignación o de cólera siempre será una víctima del engaño de sus enemigos. Lo provocarán y le tenderán mil trampas que su furor le impedirá reconocer y en las que caerá sin remedio.

4. El cuarto es un pundonor mal entendido. Un general no debe picarse en el momento más inoportuno ni sin motivo aparente. Debe saber disimular. No debe desanimarse después de algún fracaso ni creer que todo está perdido porque haya cometido algún error o haya sufrido algún revés. El intento de reparar el honor ligeramente herido redunda a veces en una derrota irremediable.

5. El quinto es una complacencia excesiva o una compasión exacerbada por el soldado. Un general que no se atreve a castigar, que cierra los ojos ante el desorden, que teme que los suyos estén agobiados por el peso del trabajo y que

por esta razón no se atreva a imponérselo es un general destinado a perderlo todo. Los subordinados deben realizar esfuerzos. Siempre se les debería dar alguna ocupación. Es necesario que tengan siempre tareas pendientes. Si aprovechas al máximo su servicio, procura que nunca estén ociosos. Castiga con severidad, pero sin excesivo rigor. Procura esfuerzos y trabajo, pero hasta cierto punto.

Un general tiene que prevenirse contra todos estos peligros. Sin buscar demasiado la muerte o la vida, debe comportarse con valor y con prudencia, según lo exijan las circunstancias.

Si tiene motivos justos para montar en cólera, que lo haga, pero que no sea como un tigre que no conoce ningún freno.

Si cree que su honor ha sido herido y desea repararlo, que lo haga conforme a las reglas de la cordura y no por los caprichos que inspira la vergüenza.

Que ame a sus soldados y que vele por ellos, pero que sea con discreción.

Si libra batallas, si hace movimientos en su campamento, si asedia ciudades, si hace incursiones en el campo enemigo, debe unir la astucia al valor y la prudencia a la fuerza de las armas. Debe asimismo reparar tranquilamente sus errores cuando haya tenido la desgracia de cometerlos. Debe aprovechar todos los de su enemigo e inducirlo siempre que pueda a cometer otros nuevos.

DE LA DISTRIBUCIÓN DE LOS MEDIOS

Sun Tzu dice: Antes de hacer acampar a tus tropas, debes informarte de la posición en la que se encuentran los enemigos, conocer bien terreno y adoptar la elección más ventajosa para ti. Todas las eventualidades se reducen a cuatro puntos principales:

1. Si te encuentras en las inmediaciones de alguna montaña, no ocupes la ladera norte, sino la orientada al sur. Esta ventaja no es baladí. Desde la ladera podrás extenderte hasta bien entrados los valles; encontrarás en ellos agua y forraje en abundancia; te alegrará la vista del sol, te calentarán sus rayos, y el aire que respirarás será mucho más saludable que el que respirarías en la otra cara. Si los enemigos tratan de sorprenderte por detrás, los centinelas que habrás situado en la cima te avisarán. De este modo te retirarás en orden, si no crees estar en condiciones de hacerles frente; o los esperarás a pie firme para combatirlos si te atribuyes posibilidades de victoria sin asumir excesivos riesgos. Pero combate en las alturas sólo cuando la necesidad te obligue a ello, y sobre todo no vayas allí en busca del enemigo.

2. Si estás cerca de algún río, acércate lo más posible a su fuente. Trata de conocer todos sus bajíos y todos los lugares que se puedan vadear. Si tienes que cruzarlo, no lo hagas nunca en presencia del enemigo; pero si los enemigos, más osados o menos prudentes que tú, quieren arriesgarse a cruzarlo, no los ataques hasta que por lo menos la mitad de la tropa esté al otro lado. Entonces combatirás con la ventaja que proporciona la superioridad numérica. Cuando estés cerca de los ríos, domina siempre las alturas para descubrir lo que sucede en la lejanía. No esperes al enemigo cerca de la orilla ni salgas a su encuentro. Permanece siempre alerta por miedo a no tener, si te sorprenden, un lugar por el que retirarte en caso de desgracia.

3. Si te encuentras en lugares resbaladizos, húmedos, pantanosos y malsanos, sal de allí a la mayor brevedad. No puedes detenerte en ellos sin exponerte a sufrir penalidades. Las enfermedades y la escasez de víveres no tardarán en asediarte. Si te ves obligado a permanecer en esos lugares, trata de ocupar las orillas. Guárdate de ir más adelante. Si hay bosques en los alrededores, déjalos a tu espalda.

4. Si estás en una llanura, en lugares llanos y secos, ten siempre el flanco izquierdo al descubierto. Procura tener detrás de ti alguna elevación desde la que tu gente pueda ver a lo lejos. Cuando frente a la entrada principal de tu campamento sólo haya objetos de muerte, procura que los lugares situados detrás te ofrezcan auxilio en caso de extrema necesidad.

Éstas son las ventajas de los diferentes campamentos. Su valor es incalculable, y de ellas depende la mayor parte de los éxitos militares. Si el emperador Amarillo triunfó sobre sus enemigos y sometió a sus leyes a todos los príncipes vecinos de sus estados, se debió sobre todo a que poseía un conocimiento a fondo del arte de los campamentos.

De todo cuanto he dicho cabe concluir que las alturas son en general más saludables para las tropas que los lugares bajos y profundos. Pero en los primeros también hay que elegir: se debe acampar siempre en el lado de mediodía porque es allí donde se encuentran la abundancia y la fertilidad. Un campamento en tal emplazamiento es el preludio de una victoria. El contento y la salud, consecuencias directas de una buena alimentación tomada bajo un cielo puro, le proporcionan coraje y fuerza al soldado, mientras que la tristeza, el descontento y las enfermedades lo agotan, lo debilitan, lo vuelven pusilánime y lo desaniman por completo.

Cabe concluir asimismo que los campamentos situados cerca de los ríos tienen ventajas que no hay que despreciar e inconvenientes que debemos evitar a toda costa. Nunca lo repetiré lo suficiente: ocupa la parte alta del río y déjales la corriente a los enemigos. Aparte de que los vados son mucho más frecuentes hacia las fuentes, las aguas de éstas también son más puras y más saludables.

Cuando las lluvias hayan formado algún torrente o hayan hecho crecer el río cuyas orillas ocupas, espera un poco antes de ponerte en marcha. Sobre todo, no te arriesgues a cruzar al otro lado. Espera a que las aguas retomen la tranquilidad y el cauce habituales. Tendrás pruebas ciertas de ello si dejas de oír cierto ruido sordo, que tiene más de hervor que de murmullo, si ya no ves espuma flotando en el agua y si ésta ya no arrastra ni tierra ni arena.

Por lo que respecta a los desfiladeros y los lugares entrecortados por precipicios y peñascos, a los lugares pantanosos y resbaladizos, a los lugares estrechos y cubiertos, si la necesidad o el azar te han llevado hasta ellos, aléjate lo más rápido que puedas. Si estás lejos de ellos, el enemigo estará cerca. Si huyes, el enemigo te perseguirá y probablemente caiga en los peligros que acabas de evitar.

También debes desconfiar en extremo de otra clase de terreno. Hay lugares cubiertos por matorrales o bosquecillos, y otros en los que apenas tendrás otra cosa que colinas o valles. Desconfía de ellos. Préstales atención en todo momento. Esta clase de lugares son muy propicios para las emboscadas. El enemigo puede salir a cada instante para sorprenderte, caer sobre ti y destrozarte. Si estás lejos, no te acerques a esos lugares. Si estás cerca, no reanudes la marcha sin haber explorado todos los alrededores. Si el enemigo te ataca, procura que todas las desventajas del terreno estén de su lado. En cuanto a ti, no lo ataques hasta que lo veas al descubierto.

En fin, sea cual sea el lugar de tu campamento, propicio o adverso, tienes que sacarle partido. No permanezcas nunca ocioso, sin hacer alguna tentativa. Espía todos los movimientos de los enemigos. Dispón espías de trecho en trecho, hasta el corazón mismo de su campamento, incluso en la tienda de su general. No desdeñes nada de lo que te cuenten: presta atención a todo.

Si los exploradores que has enviado te comunican que los árboles están en movimiento, aunque el tiempo esté en calma, debes deducir que el enemigo está en marcha. Tal vez quiera acudir a tu encuentro. Disponlo todo y prepárate para recibirlo bien, e incluso sal a su encuentro.

Si te informan de que los campos están cubiertos de hierba, y de que esta hierba es muy alta, mantente siempre en alerta. No cejes en la vigilancia, si no quieres llevarte alguna sorpresa.

Si te dicen que han visto bandadas de aves que vuelan sin detenerse, desconfía: vienen a espiarte o a tenderte alguna trampa; pero si, además de las aves, ven también gran cantidad de cuadrúpedos que corren por el campo, como si no tuvieran albergue, es señal de que los enemigos están al acecho.

Si te informan de que a lo lejos se perciben torbellinos de polvo elevándose en el aire, concluye que los enemigos están en marcha. En los lugares en que el polvo es bajo y espeso están los hombres de a pie. En los lugares en que es menos espeso y más elevado están la caballería y los carros.

Si te advierten de que los enemigos están dispersos y sólo marchan en pelotones, es señal de que han tenido que atravesar algún bosque, han talado árboles y están fatigados. Eso significa que tratan de reagruparse.

Si te dicen que en los campos se perciben hombres a pie y hombres a caballo que van y vienen, dispersos aquí y allá en pequeños grupos, no dudes de que los enemigos han acampado.

Éstos son los indicios de los que deberías sacar provecho, tanto para saber la posición de aquellos con los que debes medirte como para hacer abortar sus proyectos y librarte de posibles sorpresas. A continuación, indico a quién debes prestar una atención más detallada.

Cuando los espías que rondan el campamento enemigo te hagan saber que hablan en voz baja y de una manera misteriosa, que estos enemigos se muestran modestos en su forma de actuar y contenidos en todos sus discursos, debes concluir que traman una acción general y que ya están efectuando los preparativos. Marcha contra ellos sin pérdida de tiempo. Quieren sorprenderte, de modo que eres tú quien debe sorprenderlos.

Si, por el contrario, te enteras de que son ruidosos, orgullosos y altivos en sus discursos, ten la seguridad de que piensan en la retirada y que lo último que desean es un enfrentamiento directo.

Cuando te hagan saber que se han visto muchos carros vacíos precediendo a su ejército, prepárate para combatir, pues los enemigos vienen hacia ti en orden de batalla.

Haz oídos sordos a las proposiciones de paz o de alianza que te hagan llegar en tal caso, pues se trataría de meros ardides por su parte.

Si realizan marchas forzadas, es que creen correr a la victoria. Si van y vienen, si avanzan en parte y retroceden otro tanto, es que quieren atraerte al combate. Si durante la mayor parte del tiempo permanecen de pie y sin hacer nada, y se apoyan en sus armas como si fueran bastones, es que se hallan en situación desesperada, atenazados por el hambre y pendientes de buscar sustento. Si, al pasar cerca de algún río, corren todos en desorden para beber, es que han sufrido sed. Si les has presentado a modo de señuelo algo que les sea de utilidad y no han sabido ni querido aprovecharse de ello, es que desconfían o tienen miedo. Si no tienen el valor de avanzar, aunque las circunstancias parezcan propicias, es que están en una situación angustiosa, sumidos en la inquietud y las preocupaciones.

Además de lo que acabo de decirte, esfuérzate en particular por conocer la ubicación de sus campamentos. Podrás conocerlos gracias a los agrupamientos de aves en ciertos lugares. Si han acampado ya en varios emplazamientos, cabe deducir su escasa pericia y su enorme desconocimiento del terreno. El vuelo de las aves o sus gritos pueden indicarte la presencia de emboscadas invisibles.

Si te enteras de que hay festines continuos en el campamento enemigo, de que se bebe y se come ruidosamente, puedes estar bien tranquilo: es una prueba infalible de que sus generales carecen de la menor autoridad.

Si sus estandartes cambian de lugar a menudo, eso prueba su indecisión y hasta qué punto el desorden reina entre ellos. Si los soldados no dejan de formar corrillos y cuchichear entre sí, es que el general ha perdido la confianza de su ejército.

El exceso de recompensas y de castigos muestra que el mando ha agotado todos sus recursos y está muy apurado. Si el ejército llega al extremo de hundir sus barcos y romper sus marmitas, ello demuestra que está en situación desesperada y que luchará hasta la muerte.

Si sus oficiales subalternos están inquietos y descontentos y se enfadan por cualquier cosa, es una prueba de que están aburridos o agobiados bajo el peso de una fatiga inútil.

Si en diferentes partes de su campamento matan caballos de manera furtiva y se permite que coman su carne, eso prueba que sus provisiones se agotan.

Presta toda la atención posible a los movimientos del enemigo. Recrearte de este modo en los detalles podría parecerte innecesario, pero mi propósito es prevenirte respecto de todo y convencerte de que hasta el detalle más nimio puede conducirte a la victoria. La experiencia me lo ha enseñado, y también te lo enseñará a ti. Mi deseo es que no sea a costa tuya.

Una vez más, infórmate de todos los movimientos del enemigo, sean cuales sean; pero vigila también a tus tropas, presta atención a todo lo que suceda, sábelo todo, impide los robos y el bandidaje, la relajación y la embriaguez, el descontento y las intrigas, la pereza y la ociosidad. No necesitarás informes para conocer por ti mismo a aquellos de los tuyos que incurran en tales circunstancias. Acto seguido te explicaré cómo.

Si algunos de tus soldados cambian de puesto o de acuartelamiento, dejan caer alguna pertenencia, aunque sea de escaso valor, y ni se han molestado en recogerla, o si han olvidado algún utensilio en su antiguo emplazamiento y no lo reclaman, puedes concluir que son ladrones y debes castigarlos como tales.

Si en tu ejército se producen conversaciones secretas, si son frecuentes los susurros y cuchicheos, si hay cosas que tus hombres sólo se atreven a decir con medias palabras, debes concluir que el miedo se ha introducido entre tu gente, que aparecerá el descontento y que no tardarán en formarse intrigas. Apresúrate a poner orden en ello.

Si tus tropas parecen pobres y que carecen de bienes necesarios, haz que se repartan entre ellos, además del sueldo, una pequeña suma de dinero. Pero no seas pródigo en gastos, pues la abundancia de dinero suele ser más funesta que ventajosa y más perjudicial que útil. Dado el abuso que se hace de ella, es la fuente de la corrupción de los corazones y la madre de todos los vicios.

Si tus soldados, antaño audaces, se vuelven tímidos y temerosos, si la fuerza se ha trocado en debilidad y la magnanimidad en bajeza moral, no te quepa duda de que su corazón se ha corrompido. Busca la causa de su depravación y córtala de raíz.

Si te piden la licencia con toda clase de pretextos, es que no desean combatir. No se la niegues a todos: concédesela a algunos, pero que sea con condiciones vergonzosas.

Si acuden en grupo a pedirte justicia y lo hacen con un tono rebelde y colérico, escucha sus razones y considéralas; pero, por cada satisfacción que les des por un lado, castígalos muy severamente por otro.

Si has hecho llamar a alguien y no obedece con presteza, si tarda mucho en ponerse a tus órdenes y si no se retira después que le hayas manifestado cuál es tu voluntad, desconfía y no bajes la guardia.

En una palabra, el comportamiento de las tropas exige una atención continua por parte del general. Sin apartar la vista del ejército enemigo, debes estar informado en todo momento sobre el tuyo. Debes saber cuándo hay más enemigos, y también cuándo han muerto y desertado tus soldados.

Si el ejército enemigo está en inferioridad de fuerzas y no se atreve a medirse contigo, atácalo sin demora, no le des tiempo a reforzarse. Una sola batalla puede ser decisiva en estos casos. Pero si no estás al corriente de la situación actual de los enemigos ni has puesto orden en tus asuntos y se te ocurre hostigarlos para obligarlos a combatir, corres el riesgo de caer en sus trampas, de ser derrotado y perder sin remedio.

Si no mantienes la disciplina exacta en tu ejército, si no castigas exactamente hasta la menor falta, pronto dejarán de respetarte, tu autoridad se resentirá y los castigos que emplees a partir de ahora quedarán muy lejos de detener las faltas, sólo servirán para aumentar el número de los culpables. Ahora bien, si no eres temido ni respetado, si sólo tienes una autoridad débil, de la que no puedes servirte sin peligro, ¿cómo podrás estar con honor al frente de un ejército? ¿Cómo podrás oponerte a los enemigos del Estado?

Cuando tengas que castigar, hazlo pronto y a medida que las faltas lo exijan. Cuando tengas que dar órdenes, no las des si no estás seguro de que te obedecerán al punto. Instruye a tus tropas, pero instrúyelas de la manera más oportuna. No las aburras, no las fatigues sin necesidad. Todos sus actos, sean del cariz que sean, están en tus manos.

En la guerra, la mera superioridad numérica no confiere ventaja. Cuando avances, no cuentes sólo con el poder militar. Un ejército compuesto por los mismos hombres puede ser despreciable cuando lo dirige un general, pero será invencible si lo dirige otro.

ARTÍCULO X

DE LA TOPOGRAFÍA

Sun Tzu dice: En la superficie de la Tierra no todos los lugares son equivalentes. Debes huir de algunos y buscar otros; pero tienes que conocerlos todos a la perfección.

Entre los primeros están los que sólo presentan pasos estrechos, están bordeados de rocas o precipicios y no tienen acceso fácil a los espacios libres de los que puedes esperar socorro. Si eres el primero en ocupar este terreno, bloquea los pasos y espera al enemigo. Si éste llega allí antes que tú, no lo sigas, a menos que haya cerrado los desfiladeros por completo. Ten un conocimiento exacto de éstos para no meter en ellos a tu ejército de la manera más inoportuna.

Busca, por el contrario, un lugar en el que haya una montaña lo bastante alta como para defenderte de posibles sorpresas, al que se pueda acceder y del que se pueda salir por varios caminos que conozcas a la perfección, en el que los víveres sean abundantes y el agua no falte, en el que el aire sea saludable y el terreno poco accidentado. Ése es el tipo de lugar al que consagrarás tu búsqueda.

Tanto si quieres apoderarte de algún lugar para acampar en condiciones ventajosas como si tratas de evitar los lugares peligrosos o poco cómodos, sé diligente en extremo y convéncete de que el enemigo tiene el mismo objetivo que tú.

Si el lugar que pretendes elegir está tanto a tu alcance como al de los enemigos, y éstos pueden llegar a él con la misma facilidad con que llegarías tú, hay que adelantárseles. A tal efecto, debes realizar marchas durante la noche, pero detente cuando salga el sol y, si es posible, que sea siempre en algún promontorio, a fin de divisar en la lejanía. Espera entonces a que lleguen tus provisiones y toda tu impedimenta. Si el enemigo se encamina hacia ti, espéralo a pie firme y así lo combatirás desde una posición ventajosa.

No te metas nunca en lugares en los que sea muy fácil entrar pero muy penoso salir. Si el enemigo te franquea el paso a un campamento con estas características, eso significa que trata de atraerte a él. Guárdate mucho de avanzar, pero engáñalo levantando tu campamento. Si es lo bastante imprudente como para seguirte, se verá obligado a atravesar ese terreno escabroso. Cuando tenga allí a la mitad de sus tropas, atácalo y no podrá escapar. Golpéalo desde una posición ventajosa y lo vencerás sin esforzarte en exceso.

Una vez hayas acampado en terreno propicio, espera con tranquilidad a que el enemigo dé los primeros pasos y se ponga en movimiento. Si viene hacia ti en orden de combate, no salgas a su encuentro hasta que compruebes si tiene problemas para volver sobre sus pasos.

Un enemigo bien preparado para el combate y al que no has conseguido vencer tras un ataque es peligroso. Abstente de atacar por segunda vez, retírate a tu campamento si puedes y no salgas de él hasta estar seguro de que podrás hacerlo sin peligro. Cuenta con que el enemigo intentará atraerte mediante todo tipo de ardides. Neutralízalos todos.

Si tu rival se te ha adelantado y ha establecido su campamento en el lugar donde te habría gustado hacerlo, es decir, en el lugar más ventajoso, no pierdas el tiempo tratando de desalojarlo. Todas tus estratagemas serían en balde.

Si os separa una distancia considerable y vuestros ejércitos tienen más o menos las mismas dimensiones, no caerá fácilmente en las trampas que le tiendas para atraerlo al combate. No pierdas el tiempo de manera estéril: tendrás más éxito si planeas otras estratagemas.

Parte de la base de que tu enemigo busca sus ventajas con el mismo afán con el que tú buscas las tuyas. Emplea todo tu ingenio para engañarlo, pero sobre todo no dejes que te engañe. No olvides que existen muchas maneras de engañar o ser engañado. Baste con enumerar las seis más relevantes, pues de ellas derivan todas las demás.

La primera consiste en la marcha de las tropas.
La segunda, en sus diferentes disposiciones.
La tercera, en su posición en terreno pantanoso.
La cuarta, en su desorden.
La quinta, en su debilitamiento.
Y la sexta, en su huida.

Ningún general que fracase por hacer caso omiso de estas indicaciones tiene motivos para culpar al Cielo de su desgracia. Debe atribuírsela toda para sí.

Si quien comanda los ejércitos no se instruye a fondo en todo lo relacionado con las tropas, tanto las que debe conducir al combate como las que debe combatir. Si no conoce a la perfección el terreno donde se encuentra en la actualidad, aquél al que debe dirigirse, aquél al que puede retirarse en caso de catástrofe, aquél al que puede fingir que se dirige mientras en realidad busca atraer a él al enemigo y aquél en el que puede verse obligado a detenerse cuando no haya motivo para esperarlo. Si ordena moverse a su ejército a destiempo. Si no está informado de todos los movimientos del ejército enemigo y de sus posibles propósitos. Si divide a sus tropas sin necesidad, sin verse obligado a ello por la naturaleza del lugar en que se encuentra, sin haber previsto los posibles inconvenientes o sin la certeza de que esta dispersión entrañe ventajas. Si tolera que el desorden se insinúe poco a poco en su ejército o si, por indicios inciertos, se convence con demasiada facilidad de que el desorden reina en el ejército enemigo y actúa en consecuencia. Si su ejército se debilita sin que se obligue a ponerle remedio a la mayor brevedad.

Un general de esta índole sólo puede ser víctima de sus enemigos, que lo engañarán con huidas estudiadas, con marchas fingidas y con una actitud que lo convertirá en víctima de manera irremediable.

Estas máximas deben servirte de regla para todas tus acciones.

Si tu ejército y el del enemigo están equilibrados tanto en número como en fuerza, debes buscar una ventaja de nueve a uno sobre el terreno. Aplícate al máximo, emplea todos tus esfuerzos y recursos para ganarlas. Una vez hecho esto, tu enemigo no osará mostrarse ante ti y emprenderá la huida en cuanto aparezcas. De otro modo, si es lo bastante imprudente como para entablar combate, tendrás una ventaja de diez contra uno. Todo lo contrario te sucederá si, bien por negligencia o bien por falta de pericia, le dejas el tiempo y la oportunidad de procurarse aquello de lo que careces.

Cualquiera que sea la posición en que te encuentres, si tus soldados son fuertes y valerosos pero tus oficiales son débiles y cobardes, a tu ejército sólo le espera el peor de los destinos. Si, por el contrario, la fuerza y el valor son coto exclusivo de los oficiales, mientras que la debilidad y la cobardía se adueñan de los corazones de tus soldados, tu ejército será derrotado sin demora. Los soldados aguerridos y valientes no querrán deshonrarse, sólo desearán aquello que unos oficiales cobardes y tímidos no pueden concederles, del mismo modo que unos oficiales valientes e intrépidos no pueden esperar obediencia alguna de soldados tímidos y miedosos.

Si los generales se irritan con facilidad y no saben disimular ni poner freno a su cólera, sea cual sea su motivo, emprenderán por su cuenta y riesgo acciones o escaramuzas de las que no saldrán con honor porque las habrán comenzado de manera irreflexiva y sin prever los pros y contras. Incluso actuarán contra las órdenes expresas del general con los pretextos más variados e inverosímiles. Una acción particular iniciada de manera atolondrada y en contra de todas las reglas producirá un combate total que le dará toda la ventaja al enemigo. Vigila a esa clase de oficiales, no los alejes nunca de tu lado. Por grandes que puedan ser sus cualidades, te causarán enormes perjuicios, e incluso la pérdida de todo tu ejército.

Si un general es pusilánime, no tendrá los sentimientos de honor que convienen a una persona de su rango, carecerá del talento esencial de comunicar ardor a sus tropas, enfriará su coraje en el momento en que convendría reanimarlo, no sabrá instruirlas ni corregirlas oportunamente; nunca creerá deber contar con las luces, el valor y la habilidad de los oficiales que le están subordinados, y los propios oficiales no sabrán a qué atenerse; hará dar mil pasos en falso a sus tropas, que querrá disponer ya de una manera ya de otra, sin seguir ningún sistema, sin ningún método; vacilará en todo, no se decidirá en nada, en todas partes no verá sino motivos de temor; y entonces el desorden, y un desorden general, reinará en su ejército.

Supongamos un general que haga caso omiso de las debilidades y las fortalezas del enemigo contra el que debe combatir, que no esté informado a fondo tanto de los lugares que ocupa en la actualidad como de los que puede ocupar en función de lo que suceda, que oponga los elementos más fuertes del ejército enemigo a los más débiles del suyo, que envíe sus tropas débiles y aguerridas contra las tropas fuertes, o contra las que no tienen ninguna consideración en el enemigo, que no elija tropas de élite para su vanguardia, que ordene atacar por donde no habría que hacerlo, que deje perecer por falta de auxilio a aquellos de los suyos que se encuentren imposibilitados de resistir, que se defienda de una manera inoportuna en un puesto poco ventajoso o ceda ligeramente un puesto de la mayor importancia. En estos casos contará con alguna ventaja imaginaria que en realidad será un efecto de la política del enemigo, o bien perderá el coraje después de un fracaso que no debería contar para nada. Se verá perseguido sin esperárselo, se encontrará rodeado. Lo combatirán con denuedo, y podrá considerarse afortunado si consigue ponerse a la fuga. Por este motivo, y por retomar el asunto del que trata este artículo, el buen general debe conocer todos los lugares susceptibles de convertirse en teatro de operaciones tan bien como conoce cada recoveco de los patios y jardines de su propia casa.

Añado en este artículo que el conocimiento exacto del terreno es el elemento más necesario para asegurar la tranquilidad y la gloria del Estado. Así, quien bien por nacimiento o bien por las circunstancias parezca destinado a la dignidad de general debe realizar todos los esfuerzos necesarios para adquirir destreza en esta faceta del arte de la guerra.

Con un conocimiento exacto del terreno, un general puede salir del paso en las circunstancias más críticas. Puede procurarse los refuerzos que le faltan. Puede impedir que los que se envían al enemigo lleguen a su destino. Puede avanzar, retroceder y regular todos sus movimientos como lo juzgue conveniente. Puede disponer de las marchas de su enemigo y hacerlo avanzar o retroceder según su voluntad. Puede hostigarlo sin temor a que lo sorprendan. Puede incomodarlo de mil maneras y prevenirse contra cualquier posible daño. Calcular las distancias y los grados de dificultad del terreno es controlar la victoria. Quien combate con pleno conocimiento de estos factores está seguro de ganar. Puede, por último, terminar la campaña o prolongarla, según lo juzgue más conveniente para su gloria o para sus intereses.

Puedes contar con una victoria segura si conoces todos los recovecos, todos los lugares altos y bajos, todos los caminos y los puntos adonde llegan de todos los lugares que ambos ejércitos pueden ocupar, desde los más próximos hasta los más alejados, porque con este conocimiento sabrás qué forma te convendrá darles a los diferentes cuerpos de tus tropas, sabrás a ciencia cierta cuándo será más oportuno combatir o cuándo convendrá diferir la batalla, sabrás interpretar la voluntad del soberano según las circunstancias, sean cuales sean las órdenes que hayas recibido de él. Lo servirás de verdad siguiendo tus luces actuales, no contraerás ninguna mancha que pueda mancillar tu reputación y no te verás expuesto a perecer de manera ignominiosa por haber obedecido.

Un general desgraciado es siempre un general culpable.

Ten en cuenta que debes servir a tu príncipe, buscar el provecho del Estado y perseguir la felicidad de los pueblos. Si cumples este triple objetivo, habrás conseguido tu propósito.

Sea cual sea la clase de terreno donde te encuentres, considera a tus tropas como niños ignorantes e incapaces de dar un paso por sí solos. Debes guiarlas siempre. Trátalas como si fueran tus propios hijos. Y condúcelas tú mismo. Por eso, si hay que correr riesgos, tu gente no debe afrontarlos sola ni antes que tú. Si hay que morir, que mueran, pero muere con ellos.

Digo que debes amar a todos los que están a tus órdenes como amarías a tus propios hijos. Sin embargo, no hay que convertirlos en niños mimados. Lo serían si no los corrigieras cuando corresponde y si no pudieras gobernarlos por mucha atención, consideración y ternura que les dispensases. Se mostrarían insumisos y poco dispuestos a responder a tus deseos.

Sea cual sea la especie de terreno en que te encuentres, si estás al corriente de todo lo que le concierne, si sabes incluso por dónde hay que atacar al enemigo, pero ignoras si éste se halla en condiciones de defenderse, si está dispuesto a recibirte bien y si ha adoptado las precauciones necesarias ante cualquier eventualidad, tus posibilidades de victoria se reducen a la mitad.

Aunque tengas un conocimiento pleno de todos los lugares y sepas incluso que se puede atacar a los enemigos y por qué flanco, si no tienes la certeza de que tus propias tropas pueden atacar en posición ventajosa, no dudaré en decirte que tus probabilidades de victoria se reducen a la mitad.

Si estás al corriente del estado actual de los dos ejércitos, si sabes al mismo tiempo que tus tropas están en condiciones de atacar en posición ventajosa y que las del enemigo son inferiores en fuerza y en número, pero no conoces todos los recovecos de los lugares colindantes, no sabrás si es invulnerable al ataque. Te aseguro, también sin dudarlo, que tus probabilidades de victoria se reducen a la mitad.

Los que son verdaderamente hábiles en el arte militar realizan todas sus marchas sin incurrir en una posición desventajosa, todos sus movimientos sin desorden, todos sus ataques sobre seguro, todas sus defensas sin sorpresa, sus campamentos bien elegidos, sus retiradas de manera sistemática y metódica. Conocen asimismo sus propias fuerzas, saben cuáles son las del enemigo y están instruidos en todos los aspectos relativos a los lugares.

Así pues, te digo lo siguiente: conócete a ti mismo, conoce a tu enemigo y tu victoria nunca estará en peligro. Conoce el terreno, conoce tu tiempo y tu victoria será entonces total.

ARTÍCULO XI

DE LAS NUEVE CLASES DE TERRENOS

S un Tzu dice: Hay nueve clases de lugares que pueden ser ventajosos o perjudiciales para uno u otro ejército. 1.º Lugares de división o de dispersión. 2.º Lugares ligeros. 3.º Lugares que pueden ser disputados. 4.º Lugares de reunión. 5.º Lugares llenos y llanos. 6.º Lugares con varias salidas. 7.º Lugares graves e importantes. 8.º Lugares arruinados o destruidos. 9.º Lugares de muerte.

1. Llamo lugares de división o de dispersión a los que están cerca de las fronteras en nuestras posesiones. Unas tropas que permanecen largo tiempo sin necesidad en las proximidades de sus hogares se componen por hombres más deseosos de perpetuar su raza que de exponerse a la muerte. A la primera noticia de la aproximación de los enemigos o de alguna batalla inminente, el general no sabrá qué partido tomar, ni a qué decidirse, cuando vea ese gran aparato militar disiparse y desvanecerse como una nube empujada por el viento.

2. Llamo lugares ligeros o de ligereza a los que están cerca de las fronteras, pero penetran por una brecha en las tierras de los enemigos. Esta clase de lugares no puede

proporcionar estabilidad de ningún tipo. Permite mirar hacia atrás en todo momento y, al ser demasiado fácil el regreso, hace nacer el deseo de emprenderlo en cuanto se presenta la ocasión. La inconstancia y el capricho se juntan sin remedio.

3. Los lugares que son convenientes para los dos ejércitos, en los que el enemigo puede tener tanta ventaja como nosotros, en los que se puede establecer un campamento cuya posición, con independencia de su utilidad, puede perjudicar al contrario y obstaculizar algunos de sus proyectos. Los lugares así pueden ser disputados, e incluso deben serlo. Son terrenos clave.

4. Por lugares de reunión entiendo aquellos adonde ni nosotros ni el enemigo puede dejar de acudir. También son aquellos lugares en los que el enemigo, tan al alcance de sus fronteras como tú de las tuyas, podría, igual que tú, retirarse en caso de desgracia (si todo fuera mal) o seguir tentando la buena suerte (si de entrada tuviera éxito). Son lugares que permiten entrar en comunicación con el ejército enemigo, así como con las zonas de repliegue.

5. Los lugares que denomino simplemente como llenos y llanos son aquellos cuya configuración y sus dimensiones permiten que ambos ejércitos los utilicen, pero que, al encontrarse en lo más profundo del territorio enemigo, no deben incitarte a librar batalla, a menos que la necesidad te obligue a ello, o que te fuerce a hacerlo el enemigo, que no te dejaría ningún medio para poder evitarlo.

6. Los lugares con varias salidas, de los que quiero hablar aquí, son, en particular, los que permiten la unión entre los diferentes estados que los rodean. Estos lugares forman el nudo de los diferentes auxilios que pueden proporcionar los príncipes vecinos a aquella de las dos partes a la que les plazca favorecer.

7. Los lugares que califico de graves e importantes son los que, situados en los estados enemigos, presentan por todos lados ciudades, fortalezas, montañas, desfiladeros, aguas, puentes que hay que cruzar, tierras áridas que hay que atravesar o cualquier otro asunto de naturaleza similar.

8. Los lugares en los que todo es estrecho, en los que una parte del ejército no puede ver a la otra ni socorrerla, en los que hay lagos, zonas pantanosas, torrentes o algún mal río, en los que no se puede avanzar sino con grandes fatigas y muchos obstáculos, en los que sólo se puede circular en pelotones, son los que llamo arruinados o destruidos.

9. Por último, por lugares de muerte entiendo todos aquellos en los que uno se encuentra reducido de tal modo que, sea cual sea el partido que tome, siempre está en peligro. Son lugares en los que, si se combate, se corre el riesgo de ser derrotado, en los que, si se permanece tranquilo, se está a punto de morir de hambre, de miseria o de enfermedad; lugares, en una palabra, en los que no es posible quedarse y en los que no se puede sobrevivir sino con muchas dificultades y combatiendo con el arrojo de la desesperación.

Éstas son las nueve clases de terrenos de las que quería hablarte. Aprende a conocerlas para desconfiar o para sacar partido de ellas.

Cuando te encuentres en lugares de división debes contener a tus tropas y, sobre todo, no entablar nunca batalla, por favorables que te parezcan las circunstancias. La contemplación de su país y la facilidad del regreso podrían producir actos cobardes, y los campos no tardarían en llenarse de desertores.

Si te encuentras en lugares ligeros, no establezcas allí tu campamento. Como tu ejército no ha tomado aún ninguna ciudad, ninguna fortaleza ni ningún puesto importante en las posesiones de los enemigos, y como no tiene detrás de sí ningún dique capaz de detenerlo, al ver dificultades, esfuerzos y obstáculos para seguir adelante podría sucumbir a la tentación de preferir el camino fácil al difícil y lleno de peligros.

Si has reconocido los lugares que consideras deban ser disputados, empieza por apoderarte de ellos: no le des tiempo al enemigo para que se oriente, emplea toda tu diligencia, que las formaciones no se separen y haz todos los esfuerzos necesarios por conseguir la plena posesión; pero no libres ningún combate para expulsar de ellos al enemigo. Si éste se te ha adelantado, utiliza la astucia para desalojarlo, pero, si tú los has ocupado primero, no permitas que te expulsen.

En cuanto a los lugares de reunión, intenta llegar a ellos antes que el enemigo. Procura tener una comunicación libre por todos lados; que tus caballos, tus carros y tu impedimenta puedan ir y venir sin peligro. No olvides nada de lo que esté en tu poder para asegurarte la buena voluntad de los pueblos vecinos, búscala, pídela, cómprala y obtenla a cualquier precio, pues la necesitas. Será casi el único medio que permita a tu ejército tener todo cuanto necesite. Si en tu lado dispones de todo lo necesario, es harto probable que la carestía reine en el lado del enemigo.

En los lugares llenos y llanos, dispón cómodamente a tus hombres, colócalos con holgura, cava trincheras para ponerte a cubierto ante cualquier posible sorpresa y espera tranquilo a que el tiempo y las circunstancias te abran las vías para realizar alguna gran acción.

Si estás cerca de lugares que tienen varias salidas, a los que se puede acudir por varios caminos, empieza por conocerlos bien. Establece alianzas con los estados vecinos: que nada escape a tus indagaciones. Apodérate de todos los caminos. No descuides ninguno, por poco importante que te parezca, y guárdalos todos con mucho cuidado.

Si te encuentras en lugares graves e importantes, aduéñate de todo cuanto te rodea, no dejes nada detrás de ti. Debes apoderarte hasta del puesto más pequeño. Sin esta precaución te expones a quedarte sin los víveres necesarios para mantener a tu ejército, o a que el enemigo se te eche encima cuando menos te lo esperes y te ataque por varios lados a la vez.

Si estás en lugares arruinados o destruidos, no sigas adelante: vuelve sobre tus pasos, huye lo más deprisa que puedas.

Si estás en lugares de muerte, no vaciles en combatir: ve derecho hacia el enemigo, y cuanto antes mejor.

Tal es la conducta que observaban nuestros antiguos guerreros. Esos grandes hombres, hábiles y experimentados en su arte partían de la base de que la manera de atacar y de defenderse no tenía por qué ser siempre la misma, pues debía deducirse de la naturaleza del terreno que se ocupaba y de la posición en la que uno se hallaba. Decían también que la cabeza y la cola de un ejército no debían dirigirse de la misma manera, que había que combatir en la cabeza y hundir la cola; que la multitud y el número pequeño no podían estar de acuerdo mucho tiempo; que los fuertes y los débiles, cuando estaban juntos, no tardaban mucho en desunirse; que los altos y los bajos no podían ser igualmente útiles, y que las tropas muy unidas eran fáciles de dividir, pero que costaba mucho reunir las que se habían dividido. Repetían sin cesar que un ejército sólo debía ponerse en movimiento si estaba seguro de obtener alguna ventaja real y que, cuando no había nada que ganar, había que conservar la calma y quedarse en el campamento.

En resumen, te diré que todo tu comportamiento militar debe regularse con arreglo a las circunstancias, y que debes atacar o defenderte dependiendo de si el teatro de operaciones se encuentra en tu terreno o en el del enemigo.

Si la guerra se desarrolla en tu propio país, y si el enemigo, sin haberte dado tiempo a efectuar todos tus preparativos, se dispone a atacarte con un ejército bien ordenado para invadirlo o desmembrarlo, o para causar estragos en él, reúne a la mayor brevedad todas las tropas que puedas, corre a pedirles ayuda a los vecinos y a los aliados, apodérate de algunos de sus posibles objetivos y todo transcurrirá con arreglo a tus deseos. Oblígalos a defenderse, aunque sólo sea para ganar tiempo. La rapidez es la savia de la guerra.

Viaja por los caminos en los que no puede esperarte. Dedica una parte de tus cuidados a impedir que el ejército enemigo reciba suministros. Córtale todos los caminos, o al menos impídele encontrar ninguno sin emboscadas, o sin que se vea obligado a tomarlos a la fuerza.

Los campesinos pueden serte de gran ayuda en este aspecto y servirte mejor que tus propias tropas. Hazles entender una sola cosa: que deben impedir que unos ladrones injustos se apoderen de todas sus posesiones y les arrebaten a sus padres, madres, mujeres e hijos.

Pero no te limites a mantenerte a la defensiva. Envía guerrilleros a robarles los convoyes, hostiga, fatiga, ataca ora por un lado, ora por el otro. Fuerza a tu injusto agresor a arrepentirse de sus temeridades. Oblígalo a volver sobre sus pasos llevándose por todo botín la terrible vergüenza de haber fracasado.

Si haces la guerra en el país enemigo no dividas tus tropas salvo en algunos casos excepcionales o, mejor todavía, no las dividas nunca. Éstas deben estar siempre reunidas y en condiciones de prestarse apoyo mutuo. Procura que siempre estén en lugares fértiles y abundantes.

Si los alcanzasen el hambre y la miseria, las enfermedades les causarían más estragos en un breve lapso de tiempo que el hierro del enemigo en varios años.

Trata de procurarte pacíficamente toda la ayuda que necesites. Recurre a la fuerza sólo cuando las demás vías hayan sido inútiles. Procura que los habitantes de las aldeas y del campo se muestren interesados en acudir por propia iniciativa a ofrecerte sus productos. Pero, repito, que tus tropas no se dividan nunca.

Uno es el doble de fuerte cuando combate en su propio terreno.

Si combates en territorio enemigo, ten en cuenta esta máxima, sobre todo si te has adentrado en sus estados. Conduce entonces tu ejército entero. Realiza todas tus operaciones militares con el mayor secreto para asegurarte de que tus designios son inescrutables. Basta con que se sepa lo que quieres hacer cuando llegue el momento de ejecutarlo.

En ocasiones no sabrás adónde ir ni de qué lado volverte. En tal caso, no precipites los acontecimientos, fíalo todo al tiempo y las circunstancias, y permanece inquebrantable en el lugar donde estás.

En ocasiones te encontrarás luchando en el momento más inoportuno para ello. Guárdate mucho de huir, pues la huida sería tu perdición. Perece antes que retroceder, y al menos perecerás gloriosamente. Mientras tanto, muestra aplomo. Tu ejército, acostumbrado a ignorar tus designios, ignorará igualmente el peligro que lo amenaza. Creerá que tienes tus razones y combatirá con tanto orden y valor como si lo hubieras dispuesto para la batalla desde mucho tiempo antes.

Si en este tipo de ocasiones triunfas, tus soldados redoblarán sus fuerzas, su coraje y su valor. Además, tu reputación crecerá en la misma proporción que el riesgo que has corrido. Tu ejército se creerá invencible con un jefe como tú.

Por críticas que sean las circunstancias en que te encuentras, no desesperes en ningún momento. En las ocasiones en las que todo es de temer es precisamente cuando no hay que temer nada. Cuando te rodean todos los peligros es cuando no debes temer ninguno. Cuando careces de recursos es cuando debes contar con todos. Cuando te sorprenden es cuando debes sorprender al enemigo.

Instruye a tus tropas de tal modo que puedan encontrarse preparadas sin preparativos, que encuentren grandes ventajas donde no han buscado ninguna, que, sin ninguna orden particular de tu parte, improvisen las disposiciones que haya que tomar y que, sin prohibición expresa, se prohíban a sí mismas todo lo que sea contrario a la disciplina.

Vigila en particular con extrema atención que no se difundan falsos rumores, corta de raíz las quejas y las murmuraciones, y no permitas que se lancen males augurios ante cualquier situación extraordinaria.

Si los adivinos y astrólogos del ejército han vaticinado el éxito, atente a su decisión. Si hablan con palabras oscuras, interprétalas en el buen sentido. Si dudan, o no dicen cosas ventajosas, hazlos callar.

Ama a tus tropas y procúrales toda la ayuda, todas las ventajas y todas las comodidades que necesiten. Si aguantan rudas fatigas, no es porque les guste; si soportan el hambre, no es que no tengan ganas de comer; si se exponen a la muerte, no es que no amen la vida. Si mis oficiales no acrecientan sus riquezas, no es porque desdeñen los bienes de este mundo. Reflexiona muy en serio al respecto.

Cuando lo hayas dispuesto todo en tu ejército y se hayan dado todas tus órdenes, si ocurre que tus tropas, sentadas con indolencia, dan muestras de tristeza, si llegan incluso a verter lágrimas, sácalas tan pronto como puedas de este estado de desidia y letargo, organízales festines, hazles oír el ruido del tambor y otros instrumentos militares, ejercítalas, hazles realizar maniobras, hazles cambiar de lugar, condúcelas incluso a lugares un poco difíciles donde tengan que trabajar y sufrir. Imita el comportamiento de Chuan Chu y Tsao-Kuei, y cambiarás el corazón de tus soldados, los acostumbrarás al trabajo, se endurecerán en él y en lo sucesivo ya nada les costará esfuerzo alguno.

Los cuadrúpedos dan respingos cuando se los carga demasiado, se vuelven inútiles cuando se los fuerza en exceso. Las aves, en cambio, quieren que las fuercen para ser útiles. Los hombres están en un punto medio entre unos y otras, hay que cargarlos, pero no hasta el punto de abrumarlos; hay que forzarlos, incluso, pero con discernimiento y mesura.

Si quieres sacarle buen partido a tu ejército, si quieres que sea invencible, haz que se parezca al Chuai Jen. El Chuai Jen es una especie de gran serpiente que se encuentra en la montaña de Chan Chan. Si se golpea la cabeza de esta serpiente, al instante su cola acude en su ayuda y se encorva hasta la cabeza; si se la golpea en la cola, la cabeza acude allí al instante para defenderla; si se la golpea en el medio o en alguna otra parte de su cuerpo, la cabeza y la cola se reúnen allí enseguida. Pero —se me podría replicar—, ¿puede hacer esto un ejército? Sí, puede y debe hacerlo, y es necesario que lo haga.

Unos soldados del reino de Wu atravesaban en cierta ocasión un río al mismo tiempo que otros soldados del reino de Yue lo cruzaban. Sopló un viento impetuoso, las barcas volcaron y todos los hombres habrían perecido de no haberse ayudado los unos a los otros. Entonces no pensaron que eran enemigos. Por el contrario, se prestaron todos los servicios que cabría esperar de una amistad tierna y sincera, cooperaron como la mano derecha hace con la mano izquierda.

Te recuerdo este episodio histórico para que comprendas que no sólo los diferentes cuerpos de tu ejército deben socorrerse los unos a los otros, sino también que es necesario que socorras a tus aliados, y que ayudes incluso a los pueblos vencidos que lo necesiten. Si están sometidos, es que no han tenido otra elección. Si su soberano te ha declarado la guerra, no es culpa suya. Préstales servicios, y ellos tendrán ocasión de prestártelos a su vez.

En cualquier país en que te encuentres, sea cual sea el lugar que ocupes, si en tu ejército hay extranjeros o si, entre los pueblos vencidos, has elegido soldados para engrosar tus tropas, no consientas que sean los más fuertes ni sean mayoría. Cuando se atan varios caballos a una misma estaca, se evita poner a los indómitos juntos o con otros en menor número que ellos, pues lo desordenarían todo; pero cuando están domados, siguen sin problemas a la multitud.

Sea cual sea tu posición, si tu ejército es inferior al de tus enemigos, tu sola dirección, si es notable, puede llevarlo a la victoria. No basta contar con los caballos cojos o los carros atascados. ¿De qué te serviría disponer de una posición ventajosa si no sabes cómo sacarle partido? ¿De qué sirve la bravura sin la prudencia o el valor sin la astucia?

Un buen general saca partido de todo, y sólo está en situación de sacar partido de todo porque realiza todas sus operaciones con el mayor secreto, sabe conservar la sangre fría y gobierna con rectitud, pero de modo que su ejército tenga sin cesar los oídos engañados y los ojos fascinados. Lo sabe tan bien que sus tropas nunca saben lo que deben hacer ni lo que se les debe ordenar. Si los acontecimientos cambian, cambia de conducta. Si sus métodos y sus sistemas presentan fallos, los corrige cuantas veces quiere y como quiere. Si su propia gente ignora sus designios, ¿cómo podrían adivinarlos sus enemigos?

Un hábil general sabe de antemano todo cuanto debe hacer. Nadie salvo él debe conocerlos. Así lo hacían aquellos de nuestros antiguos guerreros que más se distinguieron en el arte sublime del gobierno. Si querían tomar por asalto una ciudad, no hablaban de ello hasta que estaban al pie de las murallas. Subían los primeros, todo el mundo los seguía, y cuando estaban situados encima de la muralla hacían romper todas las escaleras. Si estaban muy en el interior de las tierras de los aliados, redoblaban la atención y el secreto.

En todas partes conducían a sus ejércitos como un pastor conduce a un rebaño; los hacían ir adonde les parecía, los hacían volver sobre sus pasos y los hacían dar la vuelta, y todo ello sin un murmullo, sin que nadie opusiera resistencia.

La principal ciencia de un general consiste en conocer bien las nueve clases de terrenos a fin de realizar los nueve cambios de la manera más oportuna. Consiste en saber desplegar y replegar sus tropas con arreglo a los lugares y las circunstancias, en trabajar con eficacia para ocultar sus intenciones y descubrir las del enemigo, en tener la certeza de que las tropas están muy unidas entre ellas cuando se han internado en el corazón de las tierras de los enemigos; que se dividen, por el contrario, y se dispersan con suma facilidad cuando no se pasa de las fronteras; que ya tienen media victoria asegurada cuando se han apoderado de todos los caminos y de todos los puntos de llegada, tanto del lugar donde deben acampar como de los alrededores del campamento enemigo; que acampar en un terreno extenso, espacioso y abierto por todos lados es el preludio del éxito; pero que casi es haber vencido cuando, estando en las posesiones enemigas, se han apoderado de todos los puestos pequeños, todos los caminos y todos los pueblos que están a lo lejos por los cuatro costados y, con sus buenas maneras, se han ganado el afecto de aquellos a quienes quieren vencer o ya han vencido.

Instruido por la experiencia y por mis propias reflexiones, he intentado, cuando mandaba los ejércitos, llevar a la práctica todo cuanto te recuerdo aquí. Cuando me encontraba en lugares de división, me esforzaba por lograr la unión de los corazones y la uniformidad de los sentimientos. Cuando estaba en lugares ligeros, reunía a mi gente y la ocupaba en asuntos útiles. Cuando se trataba de los lugares que se pueden disputar, me apoderaba de ellos el primero, cuando podía; si el enemigo se me había adelantado, iba detrás de él y utilizaba artificios para desalojarlo. Cuando se trataba de lugares de reunión, lo observaba todo con extrema diligencia y veía venir al enemigo. En un terreno lleno y llano, me extendía cómodamente e impedía al enemigo que hiciera lo mismo. En lugares con varias salidas, cuando me era imposible ocuparlas todas, me mantenía en guardia, observaba al enemigo de cerca y no lo perdía de vista. En los lugares graves e importantes, alimentaba bien a los soldados y los llenaba de caricias. En los lugares arruinados o destruidos, trataba de salir del apuro, tan pronto dando rodeos como llenando los vacíos. Por último, en los lugares de muerte hacía creer al enemigo que yo no podía sobrevivir.

Las tropas bien disciplinadas resisten cuando están rodeadas; redoblan sus esfuerzos en las situaciones extremas, se enfrentan a los peligros sin miedo, combaten hasta la muerte cuando no hay alternativa y obedecen de manera implícita. Si las que mandas no son así, es culpa tuya: no mereces estar al frente de ellas.

Si no conoces los planes de los estados vecinos, no podrás preparar tus alianzas en el momento oportuno. Si no conoces las dimensiones del ejército enemigo al que debes combatir, ni sus puntos fuertes y débiles, nunca efectuarás ni las disposiciones ni los preparativos necesarios para dirigir tu ejército: no mereces mandar.

Si no sabes dónde hay montañas y colinas, lugares secos o húmedos, lugares escarpados o llenos de desfiladeros, lugares pantanosos o llenos de peligros, no podrás dar las órdenes adecuadas ni tampoco conducir a tu ejército: eres indigno de mandar.

Si no conoces todos los caminos, si no te preocupas de conseguir guías seguros y fieles que te conduzcan por las rutas que desconoces, no llegarás adonde te propones y serás víctima de tus enemigos: no mereces mandar.

Cuando un grande hegemónico ataca un estado poderoso, procura que al enemigo le sea imposible concentrarse. Intimida al enemigo e impide que sus aliados se le unan. De ello se sigue que el grande hegemónico no combate contra combinaciones poderosas de estados y no alimenta el poder de otros estados. Para la realización de sus objetivos se apoya en su capacidad de intimidar a sus oponentes y así puede tomar las ciudades enemigas y destruir el estado del enemigo.

Si no sabes combinar los puntos cuatro y cinco a la vez, tus tropas no podrán compararse con las de los vasallos y los feudatarios. Cuando los vasallos y los feudatarios tenían que hacer la guerra contra algún gran príncipe, se unían, trataban de alterar todo el universo, ponían en su partido al mayor número de gente posible, buscaban sobre todo la amistad de sus vecinos e incluso la compraban a un alto precio si era necesario. No le daban al enemigo tiempo de orientarse, y menos aún de recurrir a sus aliados y de reunir todas sus fuerzas, sino que lo atacaban cuando aún no estaba en condiciones de defenderse. Por eso, si asediaban una ciudad, lo más seguro era que se apoderasen de ella. Si querían conquistar una provincia, era suya. Por muchas ventajas que se hubieran procurado al principio, no se dormían ni dejaban que su ejército se ablandara con la ociosidad o el libertinaje; por el contrario, mantenían una disciplina rigurosa, castigaban con severidad cuando el caso lo exigía y otorgaban recompensas con liberalidad cuando la ocasión lo requería. Además de las leyes ordinarias de la guerra, hacían otras particulares, según las circunstancias del momento y del lugar.

¿Quieres triunfar? Toma por modelo de tu conducta la que acabo de describirte. Considera tu ejército como un solo hombre que estés encargado de conducir, no le expliques nunca tu forma de actuar. Hazle saber exactamente cuáles son todas tus ventajas, pero ocúltale con sumo cuidado hasta la menor de tus pérdidas. Da todos tus pasos en el mayor secreto. Coloca a tus tropas en una situación peligrosa y sobrevivirán. Disponlas en un terreno de muerte y vivirán, pues cuando el ejército se encuentra en semejante situación puede hacer surgir la victoria de los reveses.

Concede recompensas sin preocuparte de los usos habituales. Publica órdenes sin respeto por las precedentes, y así podrás servirte del ejército entero como de un solo hombre.

Esclarece todos los pasos del enemigo, no dejes de tomar las medidas más eficaces para poder capturar a la persona de su general. Haz matar al general, pues siempre combates contra rebeldes.

El nudo de las operaciones militares depende de tu facultad para fingir que te conformas a los deseos de tu enemigo.

No dividas nunca tus fuerzas. La concentración te permitirá matar a su general, incluso a una distancia de mil leguas. En esto reside la capacidad de alcanzar tu objetivo de una manera ingeniosa.

Cuando el enemigo te ofrezca una oportunidad, aprovéchala enseguida. Anticípate a él adueñándote de una posesión preciada y avanza con arreglo a un plan fijado en secreto.

La doctrina de la guerra consiste en seguir la situación del enemigo a fin de disponer de la batalla.

En cuanto tu ejército se encuentre fuera de las fronteras, haz cerrar los caminos, destruye las instrucciones que estén en tus manos y no consientas que nadie escriba ni reciba noticias. Rompe tus relaciones con los enemigos, reúne a tu consejo y exhórtalo a ejecutar el plan. Una vez hecho esto, marcha hacia el enemigo.

Antes de que empiece la campaña, sé como una muchacha que no sale de su casa: se ocupa de los asuntos domésticos, se dedica a prepararlo todo, lo ve todo, lo oye todo y lo hace todo, pero aparentemente no se ocupa de nada.

Una vez iniciada la campaña, debes tener la prontitud de una liebre que, perseguida por los cazadores, intenta, dando mil rodeos, encontrar su madriguera para refugiarse en ella y llegar por fin a un lugar seguro.

ARTÍCULO XII

DEL ARTE DE ATACAR CON EL FUEGO

S un Tzu dice: Las diferentes maneras de combatir con el fuego se reducen a cinco. La primera consiste en quemar a los hombres; la segunda, en quemar las provisiones; la tercera, en quemar la impedimenta; la cuarta, en quemar los arsenales y almacenes, y la quinta, en utilizar proyectiles incendiarios.

Antes de emprender esta clase de combate hay que haberlo previsto todo, hay que haber reconocido la posición de los enemigos, hay que haberse informado de todos los caminos por los que podría escapar o recibir ayuda, hay que haberse provisto de los pertrechos necesarios para ejecutar el proyecto, y es necesario que el tiempo y las circunstancias sean favorables.

Prepara todas las materias combustibles que quieras utilizar: cuando les hayas prendido fuego, observa el humo. Hay un momento para prender fuego y hay un día para hacerlo estallar: no confundas las dos cosas. El momento de prender fuego es aquel en que todo está tranquilo bajo el cielo, en que la serenidad parece tener que durar. El día de hacerlo estallar es aquel en que la Luna se encuentra bajo una de las cuatro constelaciones: Qi, Pi, Y y Chen. Es raro que el viento no sople entonces, y a veces lo hace con fuerza.

Las cinco maneras de combatir con el fuego exigen por tu parte un comportamiento que varíe según las circunstancias: estas variaciones se reducen a cinco. Voy a indicarlas para que puedas emplearlas en cada ocasión:

99

1. Una vez prendido el fuego, si, al cabo de cierto tiempo, no se oye ningún rumor en el campamento enemigo, si todo está tranquilo entre ellos, permanece tranquilo tú también y no emprendas ninguna acción. Atacar con imprudencia es buscar la derrota. Te bastará saber que el fuego ha prendido: mientras esperes, debes suponer que actúa sordamente. Sus efectos aún serán más funestos. Está dentro. Espera a que estalle y a ver las chispas que desprende, y entonces podrás salir a recibir a quienes sólo buscan la huida.

2. Si, poco después de haber prendido el fuego, ves que se eleva en remolinos, no le des al enemigo tiempo de apagarlo. Por el contrario, envía hombres a atizarlo, disponlo todo de inmediato y corre al combate.

3. Si, a pesar de todas las medidas que hayas tomado y todos los artificios que hayas podido utilizar, tu gente no ha podido penetrar en el interior, y si te ves obligado a prender el fuego desde el exterior, observa de qué lado sopla el viento. Allí es donde debe comenzar el incendio, el lado por donde debes atacar. En semejantes circunstancias, no combatas nunca a sotavento.

4. Si durante el día el viento ha soplado sin cesar, puedes tener la seguridad de que habrá un momento de la noche en el que cesará: toma entonces tus precauciones y disponlo todo.

5. Un general que combate a sus enemigos utilizando el fuego siempre de la manera adecuada es un hombre verdaderamente esclarecido. Un general que sabe servirse del agua y las inundaciones con el mismo fin es un hombre excelente. Sin embargo, hay que emplear el agua con discreción. Sírvete de ella si quieres, pero hazlo sólo para destruir los caminos por los que los enemigos podrían escaparse o recibir ayuda.

Tal como acabo de explicarlas, las diferentes maneras de combatir con el fuego suelen ir acompañadas por una victoria plena cuyos frutos tienes que saber recoger. El más considerable de todos, y aquel sin el cual tus cuidados y esfuerzos habrán sido inútiles, es conocer el mérito de todos los que se hayan distinguido, es recompensarlos con arreglo a su grado de participación en el éxito de la empresa. Los hombres suelen actuar por interés. Si tus hombres sólo obtienen penas y trabajos a cambio de la empresa, no los emplearás dos veces con provecho.

Sólo la necesidad debe llevar a emprender la guerra. Los combates, sea cual sea su naturaleza, tienen siempre algo de funesto para los vencedores. Sólo hay que librarlos cuando no se pueda hacer la guerra de otro modo.

Cuando al soberano lo animan la cólera o la venganza, debe abstenerse de reclutar tropas. Cuando un general alberga dichos sentimientos en su corazón, debe abstenerse asimismo de librar combates. Para uno y otro son tiempos inciertos: que esperen los días de serenidad para tomar decisiones y emprender acciones.

Si al ponerte en movimiento te cabe esperar algún provecho, haz marchar a tu ejército. Si no prevés ninguna ventaja, mantente en reposo: por legítimos que sean tus motivos para estar irritado, y por mucho que te hayan provocado o incluso insultado, espera, para tomar partido, a que el fuego de la cólera se haya disipado y los sentimientos pacíficos se eleven en masa en tu corazón. No olvides jamás que el objetivo por el que combates debe ser el de procurar gloria, esplendor y paz al Estado, y no el de introducir en él perturbación, desolación y confusión.

Lo que defiendes son los intereses del país y no tus intereses personales. Tus virtudes y vicios, tus bellas cualidades y defectos repercuten igualmente sobre aquellos a quienes representas. Tus menores faltas tienen siempre importancia; las grandes suelen ser irreparables y funestas en todo caso. Es difícil sostener un reino al que hayas precipitado en la pendiente de la ruina. Es imposible rehacerlo si es destruido: no se puede resucitar a un muerto.

Al igual que un príncipe sabio y esclarecido se esfuerza cuanto puede en gobernar bien, tampoco un general hábil olvida nada para formar buenas tropas y utilizarlas para la salvaguardia del Estado y la preservación del ejército.

ARTÍCULO XIII

DE LA CONCORDIA
Y LA DISCORDIA

un Tzu dice: Si, después de haber preparado un ejército de cien mil hombres, debes conducirlo hasta una distancia de cien leguas, tienes que saber que, tanto fuera como dentro, todo será movimiento y rumor. Ni las ciudades y los pueblos donde te hayas procurado los hombres que componen tus tropas, ni los caseríos y los campos de donde hayas extraído las provisiones y todos los pertrechos de los que deben transportarlas, ni los caminos llenos de gente que va y viene son posibles sin dejar tras de sí muchas familias desoladas, muchas tierras sin cultivar y muchos gastos para el Estado.

De pronto, seiscientas mil familias se encuentran desprovistas de sus jefes o de su sostén y no pueden dedicarse a sus tareas habituales. Asimismo, las tierras se ven privadas del mismo número de hombres que las hacían rendir, y tanto la cantidad como la calidad de sus productos disminuye en proporción a los cuidados que se les niegan.

El sueldo de los oficiales, la paga diaria de los soldados y el mantenimiento de todo el mundo vacían poco a poco los graneros y los cofres tanto del príncipe como del pueblo. Estos recursos no tardan en agotarse.

Pasarse varios años observando a los enemigos, o haciendo la guerra, no es amar al pueblo, es ser el enemigo del país. Las más de las veces, todos los gastos, todas las penalidades, todos los trabajos y todas las fatigas de varios años no les suponen a los vencedores más que un día de triunfo y de gloria, aquel en que han vencido. Buscar la victoria valiéndose únicamente de la vía de los asedios y las batallas es ignorar los deberes del soberano y los del general. Es no saber gobernar. Es no saber servir al Estado.

Así, una vez albergues el propósito de hacer la guerra, y tengas las tropas preparadas y dispuestas a emprenderlo todo, recurrirás sin demora a tus estratagemas.

Empieza por informarte de todo lo que concierne a los enemigos. Conoce exactamente todas sus posibles relaciones, sus vínculos e intereses recíprocos. No escatimes el dinero que consideres necesario. No lamentes más el dinero invertido en el extranjero para crearte adeptos o procurarte conocimientos exactos que el empleado para pagar a quienes se han enrolado bajo tus estandartes; es un dinero que inviertes para obtener un gran interés.

Ten espías en todas partes, mantente informado de todo, no descuides nada de lo que puedas enterarte; pero, cuando hayas tenido conocimiento de algo, no seas tan indiscreto como para confiárselo a cualquiera que se te acerque.

Cuando te valgas de alguna estratagema, el éxito no te llegará invocando a los espíritus ni haciendo una previsión aproximada de lo que debe o puede ocurrir, sino sabiendo a ciencia cierta, gracias a la información fiel de aquellos de que te sirves, cómo están dispuestos los enemigos, teniendo en cuenta lo que quieres que hagan.

Cuando un hábil general se pone en movimiento, el enemigo ya está vencido: cuando combate, debe hacer él solo más que todo su ejército entero; pero no por la fuerza de su brazo, sino por su prudencia, por su forma de mandar y, sobre todo, por su astucia. Es necesario que, a la primera señal, una parte del ejército enemigo se coloque a su lado para combatir bajo sus estandartes. Es necesario que sea siempre el único responsable de conceder la paz, siempre en las condiciones que considere oportunas.

El gran secreto para triunfar en todo cuanto se acomete consiste en el arte de saber crear las divisiones de la manera más oportuna: división en las ciudades y pueblos, división exterior, división entre los inferiores y los superiores, división de muerte y división de vida.

Estas cinco clases de divisiones son cinco ramas de un mismo tronco. Quien sepa utilizarlas será un hombre verdaderamente digno de mandar. Será el tesoro de su soberano y el sostén del imperio.

Llamo división en las ciudades y los pueblos a aquella por la que se encuentra el medio de alejar del partido enemigo a los habitantes de las ciudades y los pueblos que están bajo su dominio y de vincularlos a uno mismo de modo que, llegado el caso, pueda servirse de ellos con seguridad.

Llamo división exterior a aquella por la que se encuentra el medio de tener al servicio de uno a los oficiales que sirven en la actualidad en el ejército enemigo.

Por división entre los inferiores y los superiores entiendo la que nos permite aprovechar la desavenencia que habremos sabido introducir entre aliados, entre los diferentes cuerpos o entre los oficiales de diversas graduaciones que componen el ejército que tendremos que combatir.

La división de muerte es aquella por la que, después de haber hecho dar falsa información sobre el estado en que nos encontramos, hacemos correr rumores tendenciosos que hacemos llegar hasta la corte del soberano, el cual, convencido de su veracidad, actúa en consecuencia respecto de sus generales y todos los oficiales que están actualmente a su servicio.

La división de vida es aquella por la que se reparte dinero a manos llenas a todos aquellos que, tras abandonar el servicio de su señor legítimo, han pasado a tu bando para combatir bajo tus estandartes o bien para prestarte otros servicios no menos esenciales.

Si has conseguido crearte adeptos en las ciudades y pueblos de los enemigos, no tardarás en tener pronto muchas personas que te serán enteramente adictas. Conocerás gracias a ellos la disposición de la mayoría de los suyos hacia ti, te sugerirán la manera y los medios que debes emplear para ganarte a aquellos compatriotas suyos a quienes más tengas que temer y, cuando llegue el momento de sitiar las ciudades, podrás conquistarlas sin verte obligado a tomarlas por asalto, sin combatir, sin siquiera sacar la espada.

Si los enemigos que actualmente están ocupados haciéndote la guerra tienen a su servicio a oficiales que no están de acuerdo entre sí, y además se profesan sospechas mutuas, pequeños celos o intereses personales que los mantienen divididos, te resultará fácil hallar los medios para separar a una parte. En efecto, por muy virtuosos que sean en otros aspectos, por muy adictos que le sean a su soberano, el atractivo de la venganza, de las riquezas o de los puestos eminentes que les prometes será más que suficiente para ganártelos. Una vez que estas pasiones se enciendan en su corazón, no cejarán hasta haberlas satisfecho.

Si los diferentes cuerpos que componen el ejército de los enemigos no se sostienen entre sí, si están ocupados observándose los unos a los otros y si tratan de perjudicarse entre sí, te será fácil mantener sus desavenencias y fomentar sus divisiones. Los destruirás poco a poco lanzándolos a unos contra otros sin que haya necesidad de que ninguno de ellos se declare abiertamente partidario tuyo. Todos te servirán sin quererlo, e incluso sin saberlo.

Si has hecho correr rumores, tanto para convencer de lo que quieres que se crea de ti como sobre los pasos en falso que les atribuirás a los generales enemigos, si has hecho llegar informaciones falsas a la corte y al propio consejo del príncipe contra cuyos intereses tienes que combatir, si has sabido hacer dudar de las buenas intenciones incluso de aquellos cuya fidelidad al príncipe conoces mejor, no tardarás en ver que entre los enemigos las sospechas han ocupado el lugar de la confianza, que las recompensas han sustituido a los castigos y los castigos a las recompensas, y que los más ligeros indicios se usarán como las pruebas más convincentes para hacer perecer a cuantos resulten sospechosos.

Entonces sus mejores oficiales y sus ministros más esclarecidos se hastiarán y su celo disminuirá. Al verse desprovistos de esperanzas de tener una suerte mejor, se refugiarán contigo para librarse de los justos temores que los agitaban perpetuamente y para poner a salvo su vida.

A sus parientes, aliados o amigos los acusarán, buscarán y condenarán a muerte. Se formarán conspiraciones, se despertará la ambición y sólo habrá actos pérfidos, ejecuciones crueles, desórdenes y disturbios por todos lados.

¿Qué te quedará por hacer para adueñarte de un país cuyos pueblos ya querrían verte como su dueño y señor?

Si recompensas a quienes se hayan entregado a ti para librarse de los justos temores que los agitaban perpetuamente y para salvar su vida y les das empleo, sus parientes, aliados y amigos serán otros tantos súbditos que ganarás para tu príncipe.

Si repartes el dinero a manos llenas, si tratas bien a todo el mundo, si impides que tus soldados causen el menor estrago allá por donde pasen, si los pueblos vencidos no sufren ningún daño, ten por seguro que te los habrás ganado y que sus comentarios positivos sobre ti atraerán más súbditos para tu señor y más ciudades bajo su dominio que las más brillantes de las victorias.

Sé vigilante y mantente informado, pero muestra en el exterior mucha seguridad, sencillez e incluso indiferencia; mantente siempre vigilante, aunque parezca que no pienses en nada. Desconfía de todo, aunque parezca que no receles de nada. Guárdalo todo en secreto, aunque parezca que no tienes nada que ocultar. Apuesta espías en todas partes. En vez de utilizar palabras, sírvete de señales. Ve por la boca y habla por los ojos. Es muy difícil. A veces lo engañan a uno cuando cree engañar a los otros. Sólo hay un hombre con una prudencia consumada, sólo hay un hombre extremadamente esclarecido, sólo hay un sabio de primer orden que pueda emplear a propósito y con éxito el artificio de las divisiones. Si no lo eres, debes renunciar a tus propósitos, pues el uso que hicieras de tus artificios y estratagemas se volvería en tu contra.

Si has concebido un plan pero te enteras de que tu secreto ha trascendido, haz morir sin perdón posible tanto a quienes lo hayan divulgado como a aquellos a cuyo conocimiento haya llegado. Éstos, en realidad, todavía no son culpables, pero podrían llegar a serlo. Su muerte salvará algunos miles de vidas y asegurará la fidelidad de otros miles.

Castiga con severidad y recompensa con largueza. Multiplica los espías, disponlos por doquier, en el propio palacio del príncipe enemigo, en las residencias de sus ministros y bajo las tiendas de sus generales. Confecciona una lista de los oficiales más destacados que están a su servicio. Apréndete sus nombres y sus apodos, y cuántos hijos, parientes, amigos y criados tienen. Que no pase nada en su casa sin que no estés informado de ello.

Tendrás a tus espías en todas partes. Parte de la premisa de que el enemigo también tendrá los suyos. Si acaso los descubrieras, guárdate de hacerlos morir. Sus vidas serán un bien de valor incalculable para ti. Los espías de los enemigos te servirán con eficacia si mides de tal modo tus pasos, tus palabras y todas tus acciones que sólo puedan darles falsas informaciones a aquellos que los han enviado.

En fin, un buen general debe sacar partido de todos los recursos de que disponga. No debe sorprenderse por nada, suceda lo que suceda. Pero, por encima de todo, y con preferencia a todo, debe poner en práctica estas cinco clases de divisiones. Nada es imposible para aquel que sepa valerse de ellas.

Defender los estados de su soberano, aumentarlos, efectuar nuevas conquistas a diario, exterminar a los enemigos y fundar incluso nuevas dinastías son los resultados de las disensiones si se saben aprovechar.

El advenimiento de las dinastías Shang y Zhou se produjo con arreglo a esta manera de actuar, cuando unos servidores tránsfugas contribuyeron a su elevación.

¿Cuál de nuestros libros no se deshace en elogios a esos grandes ministros? ¿Les ha dado nunca la historia los nombres de traidores a su patria o de rebeldes a sus soberanos? Sólo el príncipe esclarecido y el digno general pueden ganar para su servicio a los espíritus más penetrantes y llevar a cabo vastos designios.

Un ejército sin agentes secretos es un hombre sin ojos ni oídos.

VIDA

DE

SUN TZU

VIDA DE SUN TZU

S un Tzu, súbdito por nacimiento del rey de Qi, era el hombre más versado que haya existido en el arte militar. La obra que compuso y las grandes acciones que realizó son una prueba de su profunda capacidad y de su experiencia consumada en este género. Antes incluso de adquirir la gran reputación que lo distinguió después en todas las provincias que componen hoy el imperio, la mayoría de las cuales llevaban entonces el nombre de reino, su mérito era conocido en todos los lugares vecinos de su patria.

El rey de Wu tenía algunas diferencias con el rey de Chu. Estaba a punto de desencadenarse una guerra abierta, y ambos bandos ya hacían los preparativos para ello. Sun Tzu no quiso permanecer ocioso. Convencido de que el papel de espectador no cuadraba con su manera de ser, se presentó ante el rey de Wu para obtener un empleo en sus ejércitos. El rey, encantado de que un hombre tan meritorio se pusiera de su lado, lo recibió con los brazos abiertos. Quiso verlo e interrogarlo en persona.

—Sun Tzu —le dijo—, he visto la obra que has compuesto sobre el arte militar y me ha gustado mucho; pero los preceptos que das me parecen muy difíciles de ejecutar, e incluso hay algunos que considero absolutamente impracticables. ¿Podrías llevarlos a cabo? Ten presente que del dicho al hecho hay un buen trecho. Cada cual es dueño de figurarse los medios más magníficos desde la tranquilidad de su gabinete y hacer la guerra nada más que en su imaginación. Pero la realidad es bien diferente. En estos casos suele considerarse imposible lo que al principio parecía muy fácil.

—Príncipe —respondió Sun Tzu—, no he escrito nada que luego no se haya puesto en práctica en combates reales, pero lo que todavía no he dicho, y que sin embargo me atrevo hoy a asegurar a vuestra majestad, es que estoy en condiciones de ponerlo al alcance de cualquiera y de formarlo en los ejercicios militares cuando tenga autoridad para hacerlo.

—Te entiendo —replicó el rey—: quieres decir que te sería fácil instruir con tus máximas a hombres inteligentes y que ya estuvieran dotados de prudencia y valor, y que no te costaría formar en los ejercicios militares a unos hombres acostumbrados al trabajo, dóciles y bienintencionados. Pero la mayoría no son de esta especie.

—No importa —preguntó Sun Tzu—. He dicho que formaría a cualquiera, y con ello no exceptúo a nadie: ni a los más rebeldes ni a los más cobardes ni a los más débiles.

—Al oírte —repuso el rey—, se diría que eres capaz de inculcarles incluso a las mujeres los sentimientos que forman a los guerreros, que las adiestrarías en los ejercicios de las armas.

—Sí, príncipe —replicó Sun Tzu con tono firme—, y ruego a vuestra majestad que no lo ponga en duda.

El rey, a quien las diversiones habituales de la corte ya no distraían mucho en las circunstancias en que se encontraba entonces, aprovechó la ocasión para procurarse otras de un nuevo género.

—Que me traigan a ciento ochenta de mis mujeres —ordenó. Lo obedecieron y las princesas aparecieron. Había dos de ellas en particular a quienes el rey amaba con ternura. Las pusieron al frente. El rey sonrió—. Veremos, veremos, Sun Tzu, si vas a cumplir tu palabra. Te nombro general de estas nuevas tropas. Escoge el lugar, en los confines de mi país, que te parezca más cómodo para ejercitarlas en las armas. Avísame cuando estén suficientemente instruidas y acudiré en persona a comprobar su habilidad y tu talento.

El general, consciente del ridículo papel que le querían hacer representar, no sólo no mostró desconcierto, sino que, por el contrario, pareció muy satisfecho por el honor que le concedía el rey no sólo por dejarle ver a sus mujeres, sino también por ponerlas bajo su dirección.

—Os daré buena cuenta de ello, señor —le dijo en tono resuelto—, y espero que en poco tiempo vuestra majestad tenga motivos para estar satisfecho de mis servicios. Le quedará claro, al menos, que Sun Tzu no es hombre que adquiera compromisos temerarios.

El rey se retiró a sus aposentos y el guerrero se consagró a la tarea de ejecutar su encargo. Pidió armas y todo el equipo militar para sus nuevos soldados. Mientras aguardaba a que todo estuviera a punto, condujo a su tropa a uno de los patios del palacio, el que le pareció el más adecuado para su propósito.

No tardaron mucho en llevarle lo que había pedido. Entonces Sun Tzu les dirigió la palabra a las favoritas:

—Ahora estáis bajo mi dirección y bajo mis órdenes. Debéis escucharme con atención y obedecerme en todo lo que os ordene. Ésta es la primera y la más esencial de las leyes militares: guardaos de infringirla. Quiero que, a partir de mañana, hagáis los ejercicios delante del rey, y cuento con que los realizaréis tal como os los he enseñado.

Dicho esto, les ciñó el tahalí, les puso una pica en la mano, las dividió en dos grupos y puso al frente de cada uno a las dos princesas favoritas. Una vez distribuidas de esta guisa, comenzó su instrucción en estos términos:

—¿Distinguís bien entre vuestro pecho y vuestra espalda y entre la mano derecha y la mano izquierda? Responded.

Recibió unas sonoras carcajadas por única respuesta. Pero, como él guardaba silencio y con rostro serio, añadieron, al unísono:

—Sí, sin duda.

—Pues en tal caso —prosiguió Sun Tzu— fijaos bien en lo que voy a deciros.

»Cuando el tambor dé un solo golpe, os quedaréis como estáis ahora, sin prestar atención a otra ocasión que lo que está delante de vuestro pecho.

»Cuando el tambor dé dos golpes, tenéis que dar la vuelta de manera que vuestro pecho esté en el lugar donde estaba antes vuestra mano derecha.

»Si en vez de dos golpes, oís tres, debéis dar la vuelta de modo que vuestro pecho esté exactamente en el lugar donde antes estaba vuestra mano izquierda.

»Pero cuando el tambor dé cuatro golpes, tenéis que dar la vuelta de modo que vuestro pecho se encuentre donde estaba vuestra espalda y vuestra espalda donde estaba vuestro pecho.

»Lo que acabo de decir quizá no esté bastante claro. Me explico. Un solo golpe de tambor os indicará que no debéis cambiar de posición sino estar atentas; dos golpes, que debéis girar hacia la derecha; tres golpes, que debéis girar hacia la izquierda; y cuatro golpes, que debéis dar media vuelta. Me explicaré con más claridad si cabe.

»El orden que seguiré es el siguiente: Primero haré tocar un solo golpe: a esta señal, os mantendréis preparadas para lo que os ordene. Unos momentos después, haré dar dos golpes; entonces, todas al mismo tiempo, giraréis a la derecha con gravedad; después haré tocar no tres golpes, sino cuatro, y acabaréis de dar la media vuelta. A continuación, os haré volver a vuestra primera posición y, como antes, haré tocar un solo golpe. Concentraos cuando oigáis esta primera señal. Después haré tocar no dos golpes, sino tres, y giraréis a la izquierda. Cuando suenen cuatro golpes, acabaréis la media vuelta. ¿Habéis comprendido bien lo que he querido decir? Si os queda alguna duda, no tenéis más que decírmelo y trataré de satisfaceros.

—Lo hemos entendido —respondieron las damas.

—Pues en tal caso —prosiguió Sun Tzu—, voy a empezar. No olvidéis que el sonido del tambor representa para vosotras la voz del general, ya que es a través de él como os da las órdenes.

Después de repetir tres veces estas instrucciones, Sun Tzu hizo formar de nuevo a su pequeño ejército, tras lo cual hizo tocar un golpe de tambor. Al oír este ruido, todas las princesas se pusieron a reír. Hizo dar dos golpes, y ellas rieron aún más fuerte. El general, sin perder su seriedad, les dirigió la palabra en estos términos:

—Cabe la posibilidad de que no os haya explicado las instrucciones con suficiente claridad. En tal caso, yo soy el único culpable. Trataré de remediarlo hablándoos de tal manera que lo entendáis mejor. —Y les repitió

116

hasta tres veces las mismas instrucciones pero en otros términos. Acto seguido, añadió—: Después veremos si me obedeceréis mejor.

Hizo dar un golpe de tambor, e hizo dar dos. Viendo el aire grave del general y la indumentaria extravagante que llevaban, las damas olvidaron que había que obedecer. Después de hacer algunos esfuerzos violentos para contener la risa que las sofocaba, finalmente la dejaron escapar con carcajadas inmoderadas.

Sun Tzu no mostró el menor desconcierto, sino que, en el mismo tono en que les había hablado antes, les dijo:

—Si yo no me hubiera explicado bien o vosotras no me hubierais asegurado, con voz unánime, que comprendíais lo que os quería decir, no seríais culpables; pero os he hablado con claridad, como vosotras mismas habéis reconocido. ¿Por qué no habéis obedecido? Merecéis un castigo, y un castigo castrense. Entre la gente de guerra, el que no obedece las órdenes de su general merece la muerte. Por tanto, vais a morir.

Tras este breve preámbulo, Sun Tzu ordenó a las mujeres que formaban las dos filas que mataran a las dos que estaban a su frente. Al instante, uno de los hombres encargados de la custodia de las mujeres, consciente de que el guerrero no bromeaba en absoluto, corrió a advertir al rey de lo que sucedía. El rey envió a un emisario para prohibirle a Sun Tzu que siguiera adelante, y en particular que maltratase a las dos favoritas a quienes más amaba y sin las cuales no podía vivir.

El general escuchó con respeto las palabras que le comunicaban de parte del rey, pero no por ello accedió a cumplir su voluntad.

—Id a decirle al rey —respondió— que Sun Tzu lo cree demasiado razonable y demasiado justo para pensar que haya cambiado tan pronto de parecer y que en realidad albergue la intención de darme estas órdenes. El príncipe hace la ley y no puede dar órdenes que envilezcan la dignidad de la que me ha revestido. Me ha encargado que adiestre en los ejercicios de las armas a ciento ochenta de sus mujeres y me ha nombrado su general. El resto es asunto de mi competencia. Ellas me han desobedecido y van a morir.

Apenas terminó de pronunciar estas palabras, desenfundó la espada *jian* y, con la misma sangre fría de que había hecho gala hasta entonces, les cortó la cabeza a las dos que mandaban a las demás. Acto seguido puso a otras dos en su lugar, hizo dar los diferentes golpes de tambor que había convenido con su tropa y, como si se hubiesen dedicado toda la vida al oficio de la guerra, las mujeres giraron en silencio y siempre con arreglo a las órdenes.

Sun Tzu le dirigió entonces la palabra al enviado:

—Id a advertirle al rey —dijo— de que sus mujeres saben hacer el ejercicio y que puedo llevarlas a la guerra, hacer que se enfrenten a toda clase de peligros e incluso hacerlas pasar a través del agua y el fuego.

El rey, enterado de todo lo que había pasado, se sintió traspasado por el más vivo de los dolores.

—He perdido, pues —se lamentó mientras profería un hondo suspiro—, lo que más amaba en este mundo... Haced que este extranjero se retire a su país. No quiero saber nada de él ni de sus servicios... ¿Qué has hecho, bárbaro? ¿Cómo podré vivir ahora?

Entonces Sun Tzu respondió:

—Al rey sólo le gustan las palabras vacías. No es capaz de unir el gesto a la palabra.

Por inconsolable que pareciera el rey, el tiempo y las circunstancias no tardaron en hacerle olvidar su pérdida. Los enemigos estaban a punto de atacarlo. Hizo llamar de nuevo a Sun Tzu, lo nombró general de sus ejércitos y, gracias a él, destruyó el reino de Chu.

Los reinos vecinos que más lo habían mortificado hasta entonces, atemorizados por las noticias de las hazañas de Sun Tzu, no quisieron otra cosa que permanecer tranquilos bajo la protección de un príncipe que tenía a su servicio a un hombre semejante.

La sepultura de este héroe se levanta a diez leguas de la puerta de Wu.

Tres generaciones después de su muerte, su descendiente Sun Pin, nacido en algún lugar entre O y Chuan, se consagró, en compañía de su condiscípulo Pang Chuan, en noble y alegre emulación, al estudio de los preceptos de su ilustre antepasado.

Pang Chuan consiguió entrar en los ejércitos del estado de Wu y le confirieron el mando de las tropas. Pero, por desgracia, este lisonjero destino no pudo eliminar sus temores respecto de la habilidad de su compañero. Envidioso de su talento, superado por su virtud, conocedor de sus dotes, temía a este rival vigoroso y siempre certero.

El odio se apoderó de Pang Chuan y lo hizo entregarse a odiosas maquinaciones.

El malvado decidió la pérdida de su émulo por medio de una maniobra culpable.

Este traidor, con una pérfida y admirable habilidad, condujo a Sun Pin a la trampa que le había tendido y lo aprovechó para inventar una acusación contra él. Su infortunado compañero fue entregado entonces a los rigores del primero y el tercero de los cinco suplicios antes de ser arrojado a la cárcel.

El asunto llegó a oídos del embajador del estado de Qi ante la corte; con habilidad, consiguió sustraer a Sun Pin de los injustos tormentos de que era víctima y, por mediación suya, el cautivo fue acogido en casa del poderoso señor Tien Qi, jefe de los ejércitos del estado de Qi. Este distinguido hombre de guerra se vanagloriaba de hospedar a un personaje cuya comprensión sobre todos los mecanismos que mueven el mundo parecía fuera de lo común, y le rogó a Sun Pin que compartiera con él sus distracciones y recreos favoritos.

En la corte de los príncipes de Qi se apreciaban sobremanera los concursos hípicos.

Los caballos se distribuían en tres clases: la primera, la segunda y la tercera.

Sun Pin observó que los equipos, constituidos por caballos pertenecientes a las tres clases, poseían fuerzas similares. Al advertirlo, Sun Pin le dijo al general Tien Qi:

—Apuesta en esta competición, pues tu servidor puede hacerte ganar.

Una vez concertada la apuesta, Sun Pin añadió:

—Es la disposición de las clases en la confrontación lo que te hace ganar.

El general lo creyó y obtuvo de los príncipes y del rey una apuesta de mil piezas de oro.

Entonces Sun Pin dijo:

Lanza tu tercera fuerza
contra la primera de ellos,
tu mejor fuerza
contra la segunda de ellos,
y tu segunda mejor fuerza
contra la más débil de ellos.

Se efectuaron las tres competiciones, y si bien el general no ganó la primera, se aseguró la segunda y la tercera, y así ganó la apuesta.

Sun Pin ingresó en la corte para debatir asuntos militares y el rey lo nombró oficial del estado mayor.

Cuando el estado de Wu se lanzó al asalto del estado de Tchao, este último pidió la ayuda del estado de Qi. El rey deseaba ver a Sun Pin al frente de sus tropas, pero este digno oficial prefirió que su benefactor Tien Qi conservara el cargo.

—Si me acogiste cuando estaba en el destierro, ¿cómo podría aceptar esta dignidad? —inquirió Sun Pin.

El rey quiso revertir esta desgracia en la medida de lo posible y calmar el dolor de esta injuria, de modo que nombró a Sun Pin jefe de estado mayor.

Así fue como el maestro, inválido, acompañó a los ejércitos transportado en un carro y trazó los planes en el transcurso de la campaña.

Y luego le dijo al intrépido Tien Qi, quien, para desafiar al enemigo, deseaba lanzar el ejército hacia el estado de Zhao:

—¿Cómo podrá recoger todo el ovillo quien desea desenmarañar lo que está enmarañado? Cuando las partes hayan conseguido degradar la situación hasta el extremo, ésta se resolverá por sí misma.

Ahora los dos antagonistas desarrollan sus ofensivas. Las formaciones ligeras y las tropas de élite están en los campos de batalla. Todas las fuerzas están reunidas y en pie de guerra. En el país, los viejos y los débiles están extenuados.

Ahora es cuando hay que tomar las carreteras y los caminos principales y marchar en dirección al estado de Wu, que deberá dejar el estado de Zhao para protegerse.

Así, asestando un solo golpe, se puede sitiar Zhao y hacerse con el fruto de la derrota de Wu.

Durante el repliegue del ejército de Wu, Tien Qi le infligió una severa derrota.

Quince inviernos más tarde, el estado de Wu, que se había aliado con el estado de Zhao, atacó el estado de Han. Este último le pidió ayuda al estado de Qi. El rey le ordenó entonces a Tien Qi que organizara la campaña y marchara hacia el estado de Wu.

Al llegarle noticia de estas instrucciones, Pang Chuan, comandante en jefe de los ejércitos de Wu, interrumpió la invasión, abandonó Han y se puso en camino hacia su país.

Cuando el ejército de Qi ya había cruzado la frontera del estado de Han, Sun Pin dijo:

—Las tropas de nuestros adversarios tienen a los nuestros por cobardes. El guerrero hábil tomará en consideración esta circunstancia y establecerá su estrategia para obtener un beneficio de este hecho.

»Según *El arte de la guerra,* un ejército que, deseoso de sacarle ventaja a su enemigo, recorre deprisa una distancia de cien leguas perderá la cabeza de la vanguardia y, en una distancia de cincuenta leguas, perderá por el camino la mitad de sus tropas antes de llegar al punto crítico.

Luego Sun Pin ordenó a las tropas que, una vez hubieran entrado en Wu, encendieran cien mil hogueras la primera noche, cincuenta mil la segunda y treinta mil la tercera.

Pang Chuan marchó durante tres días y, henchido de vana satisfacción, proclamó:

—Siempre he estado convencido de la cobardía de la gente de Qi. No llevan ni tres días en mi país y ya ha desertado la mitad de sus oficiales y soldados.

Y acto seguido dejó a su infantería pesada y sus carros para seguir adelante con sus tropas de élite.

Sun Pin había calculado que Pang Chuan conduciría a sus tropas a marchas forzadas y llegaría al paso de Maling al atardecer. Dispuso a sus tropas para realizar una emboscada.

Sun Pin quitó la corteza de un gran árbol y, sobre el tronco, escribió: «Pang Chuan muere bajo este árbol».

Después hizo colocar a los arqueros más hábiles del ejército con diez mil arcos a ambos lados de la carretera y, por último, ordenó que, cuando fuera de noche y vieran un fuego, todos los arqueros tomaran esa luz por blanco.

Pang Chuan llegó aquella noche y, cuando vio que había algo escrito en el árbol, encendió una antorcha para leerlo. Antes siquiera de terminar, los diez mil arqueros de Qi lanzaron sus flechas al unísono y el ejército de Wu fue derrotado.

Viendo su muerte próxima y la derrota de sus tropas, Pang Chuan se rebanó el cuello. Mientras expiraba, aún tuvo tiempo de lamentarse:

—Así he contribuido a la celebridad de ese miserable.

Sun Pin aprovechó esta victoria, destruyó por completo el ejército de Wu y tomó la precaución de apoderarse del posible heredero de Chen, tras lo cual regresó a Qi.

Por este motivo, la fama de Sun Pin se extendió por todo el mundo y varias generaciones han transmitido su estrategia.

Según Se-Ma Ts'ien (ca. 100 a. C.)